AF359297

L'ARRIÈRE SAISON

PAR

JULIETTE LAMBER

I

PIERRE LACOMBES A FRÉDÉRIC DÉNEGREY.

« Cher tuteur,

« Vous avez un hiver abominable, vous
vous dites accablé par l'ennui. Je sais un remède à cela. Quittez votre sombre Paris et
venez à Nice. Vous allez me répondre pour
la centième fois : « C'est impossible. »
Quand on crée soi-même des impossibilités,
je comprends qu'on ait quelque peine à les
vaincre. Cependant considérez qu'au lieu
de boue, de neige et de froid, vous trou-
verez ici un soleil radieux, une chaleur
vivifiante, et des paysages semblables à
ceux que décrit votre bienaimé Théocrite.

« Ma fenêtre est ouverte en ce moment,
et sous mes yeux fleurissent des fleurs
aussi fraîches, aussi parfumées, aussi bril-
lantes que nos fleurs du Nord en juillet.
Ma sœur, sur laquelle le climat fait merveille, vous ordonne — le mot est ferme
— de vous mettre immédiatement en
route pour nous rejoindre. Je suis chargé
de vous avertir qu'un refus, après un pareil commandement, provoquerait le plus
grand courroux de votre pupille. Ce serait d'ailleurs la première fois que vous
auriez l'audace de lui désobéir en un cas
grave. Venez, je vous en conjure. Aban-
donnez vos copies, votre revue ; cessez un
moment de suivre le char de la politique,
qui me paraît embourbé dans une vieille
ornière où il restera certainement jusqu'à
votre retour.

« Depuis notre arrivée à Nice, Isabelle
et moi, nous relisons souvent, dans les der-
nières instructions de notre père, les pages
où il nous parle de vous, de celui qu'il ché-
rissait comme son plus proche parent, et
qu'il avait reconnu supérieur à lui-même.
Mon père regrette en ces pages de vous
voir user vos meilleures facultés dans les
luttes mesquines de chaque jour, tandis que,
selon lui, vous devriez vous garder et vous
recueillir pour des œuvres longuement étu-
diées ; car qui saurait, avec un sens plus
droit, une philosophie plus large, chercher
la cause des évolutions de nos esprits et
montrer le but du grand tournoiement social? Mais, cher tuteur, vous n'aurez conscience de votre force intellectuelle qu'en
vous arrachant au milieu où vous retrou-
vez sans cesse les mêmes mobiles d'action.
Qui sait ce que des pays nouveaux, une vie
nouvelle, vous révéleraient à vous-même?
Mon père désirait faire avec vous le voyage
d'Italie et il est mort sans pouvoir réaliser
ce cher projet. En insistant pour vous enlever à votre Paris, nous accomplissons
donc un devoir. Venez ! quel despotisme
subiriez-vous, si vous ne subissiez le nôtre ?

1

« Nous doutons aujourd'hui de votre tendresse. Quoi ! vous n'êtes qu'ennuyé ? Quoi ! l'absence de vos chers enfants ne vous plonge pas dans le plus complet désespoir ? Prenez garde : ne nous réduisez pas, dans un pays où les plus avares sentent le besoin de donner leur cœur, à chercher d'autres affections que la vôtre. Isabelle aura peut-être bientôt, hélas ! des confidences à vous faire... Venez donc; le voyage est enchanteur. Vous dites adieu à Paris le soir, vous vous endormez, et le matin vous ouvrez les yeux en Provence. Un Parisien court alors d'étonnement en étonnement. Je voudrais savoir déjà si vous aurez quelque plaisir à côtoyer nos vieilles villes du Midi, Tarascon, Arles, Marseille, Fréjus ; si la Méditerranée vous chantera sa grande ode athénienne pendant que vous suivrez les courbes amollies de ses golfes. Lorsqu'auprès d'Antibes vous verrez à gauche des collines couvertes de magnifiques oliviers, à droite le fort Championnet, si chaudement rougi par les baisers du soleil; lorsque vous découvrirez en face de vous les glaciers des Alpes se détachant sur le bleu du ciel, jetterez-vous un cri, un seul cri d'admiration, et daignerez-vous préférer ce paysage à une décoration d'opéra ? Votre départ est arrêté; nous vous attendons mardi ! J'ai peur que ce jour heureux ne s'attarde en chemin.

« Après avoir traversé le grand pont du Var, regardez Nice qui se baigne dans la mer au pied des montagnes neigeuses, et ne craint ni le froid ni la vague ! La promenade des Anglais vous consolera, j'en suis certain, de la perte des Champs-Élysées. Il y a sur les quais de Nice la même foule, les mêmes embarras de voitures qu'à Paris. Fouette cocher ! quel bonheur pour nous de vous voir arriver à Carabacel ! Vous entrez dans le jardin de notre villa, et nous vous présentons quatre palmiers énormes qui balancent leurs longues palmes sous la brise, des orangers en fruits, un aloès en fleurs... Le lendemain des voisins originaux, chacun de nation différente, viennent distraire vos loisirs. Nice n'est pas une petite ville ! des princes, des rois, plus curieux de vous que vous ne le serez d'eux peut-être, s'entretiendront gaiement, loin de leurs royaumes, avec un démolisseur de leurs droits les plus divins. Ne craignez ni l'ennui ni le silence; Isabelle et moi nous avons le projet d'égayer votre solitude et de poursuivre vos pensées noires jusque dans leur plus sombre repaire. Je m'engage à livrer tous les jours, à votre incrédulité moqueuse, une de ces théories optimistes qui vous divertissent si fort, et, dussé-je attirer de nouveau sur ma tête des averses de sarcasmes, je recommencerai à vous prêcher ma foi dans la juste distribution des récompenses et des joies terrestres. En votre présence l'inspiration ne peut me faire défaut, et je nourris l'espoir de vous obliger à reconnaître que tout est bien quand on est réuni à ceux que l'on aime. »

II

FRÉDÉRIC DÉNEGREY A PIERRE.

« Triomphez, mon ami. J'ai le cœur plein d'une amertume, d'un ennui autres que ceux que vous me connaissez, et votre absence seule en est cause. Ni mon déjeûner quotidien avec mes plus vieux camarades, ni les livres nouveaux, ni les épreuves de mes chroniques politiques et sociales ne parviennent à combler le vide des jours que je passe loin de vous. Je rêve de ce soleil dont vous m'envoyez les rayons, de ces fleurs qui parfument vos lettres, et de tous les bienfaits de ce climat qui va rendre la santé à notre chère Isabelle. Je fais un coup d'Etat ! Je ne préviens personne, et je pars ! Voyez-vous d'ici l'étonnement des habitués du café d'Orsay et la stupéfaction du garçon qui me sert tous les matins depuis quinze ans ? Mercredi soir je manquerai chez L....; qu'adviendra-t-il de notre célèbre partie de dominos ? On me croira malade, mort peut-être; on se portera en foule à mon domicile, et lorsqu'on saura que moi, moi-même, j'entreprends un voyage, quelles suppositions ne fera-t-on point ? Je serai jeudi dans les faits divers. Voilà, mon enfant, ce que c'est que la gloire ! Préparez ma chambre. Vous allez, je l'espère, me gâter en proportion des sacrifices que je vous fais. Quand je songe que l'on peut aller de Paris à Nice en vingt-quatre heures ! La superbe invention que les chemins de fer, si l'on ne risquait, chaque fois qu'on monte dans un train, d'arriver en morceaux à destination. »

III

Comme il l'avait annoncé la veille à son jeune ami, Frédéric Dénegrey partit pour Nice le 20 mars au soir. Né Parisien, il s'était jusque là borné à contempler la nature dans ce Paris idolâtré qu'il ne pouvait quitter sans souffrance et auquel sa passion le ramenait toujours. Dénegrey détestait les voyages ; cependant il croyait pouvoir sans contradiction tenir les voyageurs en haute estime, et professer pour eux une admiration sincère. Il leur était reconnaissant de la peine qu'ils prenaient pour l'instruire. Par la raison peut-être qu'il n'aimait pas les voyages, il avait eu une vie sobre d'épisodes; et de même qu'il vouait une espèce de culte aux voyageurs, il préférait parmi ses amis ceux qui avaient mené une existence un peu vagabonde et parcouru les vastes champs du cœur humain. Il était plus avide que personne d'apprendre le résultat des recherches des autres, mais il n'entrait pas dans ses gouts d'en faire. Il savait le pourquoi des choses souvent mieux que ceux qui lui avaient servi à le découvrir. Il connaissait tous les pays du monde, tous les secrets de l'âme, toutes les exigences de la passion; mais il n'avait rien éprouvé avec son cœur, rien vu de ses yeux. Son esprit s'était naturellement porté vers les abstractions, et son savoir incontestable avait quelque chose d'inanimé, de froid, de dogmatique, qui l'attristait lui-même et irritait ses amis.

Une fois en wagon, il se garda bien de dormir comme Pierre le lui avait conseillé. Voulant connaître les impressions que causerait en lui son éloignement de Paris, il s'interrogea curieusement. Il crut entendre d'abord comme un grand silence, et ressentit un grand vide intérieur. Étendu dans un coupé, il était tourné vers Paris. La nuit l'empêcha de contempler, réunis en une masse compacte, les monuments, les places, les rues de la capitale; mais son esprit sembla vouloir se dédommager de la privation que ses yeux subissaient, en jetant une vue d'ensemble sur tous les petits événements qui occupent d'un hiver à l'autre la société parisienne. Une foule de faits en apparence confus, sans lien jusqu'alors entre eux, assaillirent sa mémoire, se groupèrent, et prirent des proportions assez restreintes pour qu'il lui fût facile de les embrasser tous à la fois. Il se complut à de tels résumés jusqu'au matin, et allégea singulièrement le bagage de ces mille passions du grand centre parisien que le temps amoindrit pour faire place à d'autres, mais dont la distance et le recul peuvent seuls vous débarrasser entièrement. Dès que la pensée de notre voyageur fut libre, elle se reporta sur lui-même. Il essaya de s'apprécier comme il venait d'apprécier les choses extérieures, mais il ne put trouver dans sa vie un point fixe où s'arrêter; il remonta toujours plus haut et plus loin, et son enfance elle-même reparut à ses yeux!...

On dit que les incidents qui laissent le plus vif souvenir dans une existence sont souvent les moins remarquables. Comment alors se détacher de sa propre personnalité; quand on veut se connaître soi-même, au point de mettre ce qui vous concerne dans son vrai cadre? Comment élever son raisonnement au-dessus de ce qu'on croit quelquefois sa raison? Dénegrey le pouvait peut-être! C'était un homme supérieur. Avide d'études sur place, il s'était suivi de près, s'était intéressé aux divers développements de son être et en avait marqué les phases principales. Avec de la réflexion et un certain effort, il était donc en état de se juger lui-même comme un ami impartial eût pu le faire....

Frédéric était fils d'un commerçant mort jeune, et dont la veuve s'était donné pour mission de relever les affaires compromises. Il parut de bonne heure à l'enfant que les plus grands intérêts, les plus grandes idées du commerce, dont il entendait parler matin et soir, étaient renfermés dans un cercle trop étroit pour son esprit, et il se créa seul des horizons très-larges. Il eut cet ambitieux désir de voir plus loin que ses proches, de faire mieux et autrement, qui entre dans l'âme des élus de l'intelligence avec leurs premières pensées.

Madame veuve Dénegrey ravie de trouver en son fils des facultés exceptionnelles dont les bulletins du collége lui répondaient, se laissa guider dans l'éducation de Frédéric par le jeune homme lui-même. Détestant la vie active, rêveur un peu utopiste, il ne se sentit entraîné vers aucune étude spéciale et n'essaya d'exercer aucune profession; mais il voulut s'instruire assez pour être en mesure de tout juger. Très-croyant au progrès des idées et de l'art, il pénétra dans le camp des écrivains avec un bagage de formules nouvelles sur le beau et sur le vrai, que personne n'eut le loisir d'examiner. Il se trouva seul entre deux partis échauffés par des luttes violentes qui le laissèrent froid et dédaigneux. D'un côté, des critiques à l'esprit étroit et vieilli excluaient l'inspiration de l'art, et ne consentaient à reconnaître que le savoir-faire, ou mieux, le procédé; ceux-là s'appelaient les classiques. D'un autre côté, de jeunes fous trop pleins d'ardeur rejetaient tout ce qui n'était pas don naturel, et niaient qu'il y eût une science de l'art.

Honneur à qui entrait dans la lice pour combattre avec le seul courage! Quelques-uns apprenaient l'escrime en bataillant; mais combien, après les premières passes, ne se relevèrent plus! Les naïfs, ceux qui prenaient le romantisme au sérieux, se seraient fait broyer pour lui; ils galopaient dans l'arène à tort et à travers, mauvais cavaliers sur des chevaux indomptés, la lance au poing, défiant les burgraves, enivrés par les applaudissements de leurs maîtres qui, au lieu de leur crier charitablement « casse-cou ! » louaient leurs écarts et les félicitaient de toutes leurs chutes. L'expérience, apprendre, s'instruire, vieux mots faits pour des bénédictins ! Encore si, méprisant le savoir qui force l'intelligence à se tenir dans des régions demi-élevées, ils s'étaient élancés à la poursuite de l'idéal ! mais point du tout. Leur fantaisie sans ailes, tournoyant sur elle-même dans de vieilles cathédrales, cassait les vitraux, non pour s'envoler dans l'espace, mais pour tomber lourdement sur le pavé, meurtrie, boiteuse et les reins brisés, d'où ses fanatiques, prenant le difforme pour l'original, la convulsion pour l'enthousiasme, la hissaient avec des cordes jusqu'aux tours ornées de chimères grotesques, et lui donnaient pour piédestal une cloche dont la pauvre fantaisie infirme n'entendait même pas le carillon.

Les jeunes amis de Frédéric l'appelaient le misanthrope, surnom qu'il acceptait comme un titre, et justifiait par des boutades dont il lui était aisé de trouver le motif dans le milieu où il vivait.

Un grand malheur, qui le frappa soudainement, changea sa nonchalance en désir d'action. Certaines natures qui se complaisent dans une sérénité dédaigneuse ont besoin de secousses et d'épreuves pour consentir à délaisser leur existence égoïste et à se mêler au combat social. On ne cesse de souffrir d'une blessure au cœur que lorsqu'on en reçoit une autre, et il faut avoir été touché pour savoir cela. Frédéric, à vingt-deux ans, perdit sa mère qu'il adorait. Chassé par le chagrin d'un intérieur doux et calme, privé d'une tendresse un peu amollissante, il se releva de son abattement plus courageux et mieux trempé.

Les idées politiques s'emparant alors de toutes les intelligences d'élite, il s'y intéressa. Son meilleur ami, plus âgé de dix ans que lui, soldat de 1830, voyant son esprit en éveil, le prêcha, et en fit un libéral ; mais un libéral instruit des enseignements de l'histoire et modéré dans ses désirs de réformes. Une fois converti, il voulut à son tour faire des prosélytes. Ses premiers écrits étudiés, réfléchis, un peu froids, furent très-critiqués des romantiques, très-applaudis des penseurs, deux choses qui, par le bruit que firent les uns et par l'estime que les autres montrèrent au jeune auteur, servirent admirablement sa réputation.

Lorsque la révolution de 1848 éclata, Frédéric se sentit tout armé pour entrer dans la lice nouvelle. Les journalistes les plus connus ayant la plupart été appelés au gouvernement du pays, Frédéric fut du soir au matin porté en quelque sorte au premier rang des écrivains politiques. Son élévation le surprit sans l'enorgueillir. Il voulut justifier un caprice de la fortune, et il s'empressa de grandir pour ne pas lui donner le regret de s'être adressée à lui. En cela il eut peu d'imitateurs. Constamment accusé de modération, injure mortelle à cette époque, il refusa de prouver son amour du bien public par des actes comme ceux qui compromirent et ridiculisèrent les naïfs et les exaltés. Au milieu des haines individuelles, des désirs insensés provoqués par des intrigants, il prêcha la concorde, et parla au nom du sens commun trop dédaigné. Il sut montrer le péril sans pédanterie, fit voir l'erreur sans morgue. Son autorité devint grande, et ses ennemis eux-mêmes discutèrent avec respect ses idées les plus contraires aux leurs. Jamais dons de nature et qualités acquises ne furent mis en lumière plus heureusement. Convaincu que rien ne faiblissait en lui pendant la lutte, qu'il voyait clair au milieu des plus épaisses ténèbres, que son esprit se développait dans le sens des nécessités du temps, fort enfin de la confiance qu'il prenait en soi, il permit à son âme de s'ouvrir aux plus nobles ambitions politiques. L'avenir lui apparut avec de grandes batailles, de grandes victoires remportées par la liberté, et il se dit qu'il serait l'un des plus fermes soldats du progrès. Sa conscience d'homme ressentit alors une de ces joies dont la plénitude ne peut être égalée que par les plus pures joies du cœur.

Mais un événement fortuit, anti-historique, comme il disait, à la prévoyance duquel il avait toujours voulu se soustraire, vint tout à coup culbuter sa vaillance, éteindre sa foi. Lui si plein d'ardeur, si confiant dans la succession logique des faits humains, lui qui savait lire dans le futur social, il se déclara vaincu et frappé d'aveuglement. Quoi ! l'histoire qui ne répète jamais ses leçons ; quoi ! la marche fatalement progressive des choses, tout cela recevait un pareil démenti ? Il demeura frappé d'une stupéfaction muette. Il lui sembla que la terre immobile refusait de tourner dans l'espace, qu'un nouveau Josué avait arrêté le soleil…

Son meilleur ami, celui-là même qui lui avait enseigné le libéralisme, son frère par la pensée, le confident de tous ses desirs, de tous ses vouloirs, comme lui fut brisé et ajouta encore à son accablement. Cœur plus tendre, plus enthousiaste que celui de Dénegrey, ayant d'ailleurs déjà supporté l'épreuve de la Révolution de 1830, il trouva dans l'arrêt implacable du destin l'anéantissement de son être moral et physique, et ne put recevoir debout un tel coup de foudre. Il traîna pendant trois ans une existence maladive, à la désolation de laquelle la mort d'une femme aimée vint mettre le comble. Ni l'inquiétude du sort de deux enfants qu'il allait laisser orphelins, ni l'amitié de Frédéric, qui, le voyant faible, se faisait fort et lui disait d'attendre, rien ne put le décider à vivre. Il mourut, abandonnant son fils et sa fille aux soins de son ami.

Ce devoir nouveau empêcha Dénegrey de mesurer l'étendue de sa douleur. Ses deux pupilles étaient beaux, intéressants, et ils l'aimaient. Pierre avait quatorze ans ; la maladie de son père, très-longue, causée par un grand dégoût de l'existence, avait amené dans son esprit des pensées que l'on n'a point d'ordinaire à cet âge. Une résolution prématurée de ne point se laisser vaincre par les coups les plus imprévus du destin se développait en son âme. Admis dès l'enfance à prendre part aux discussions de son père et de Dénegrey, il s'était fait des opinions personnelles, refusant de croire tout fini quand il commençait à vivre. Témoin impuissant d'une agonie morale, il avait lutté de toute sa jeune énergie contre une mort qui lui enlevait son plus cher, son dernier parent. Aussi, après l'avoir perdu et longtemps pleuré, s'était-il attaché à la vie en elle-même, lui pardonnant ses tristesses, et plein de reconnaissance pour ce qu'elle lui laissait prendre de bonheur dans l'amitié, de plaisir à voir les jours et les nuits se succéder, l'hiver faire place au printemps, les fleurs éclore, les arbres grandir, ses forces et ses connaissances s'accroître.

Isabelle, à la mort de son père, était entrée dans une pension où elle avait appris beaucoup de choses fort utiles, d'autres agréables, comme la musique, le dessin, deux langues, mais où la forme de ses jeunes idées avait passé dans un moule unique, et où il lui avait été défendu de penser librement. On lui avait beaucoup répété que la vie des femmes est un sacrifice, que l'épreuve et la douleur sont une démonstration de l'intérêt que le ciel prend à notre sort, que la charité est la plus grande vertu sociale, et que quiconque l'exerce peut se croire dispensé de tout autre devoir humain.

Durant les vacances, Isabelle avait avec son frère des discussions où la pauvre petite ne manquait pas d'être battue. Se voyait-elle à bout d'arguments, elle versait des larmes de dépit auxquelles Pierre n'eut jamais la cruauté de se montrer insensible. Frédéric encouragea plus d'une fois ces querelles qui permirent à son pupille d'affirmer son savoir, et donnèrent à sa sœur une louable crainte de passer pour ignorante.

Ses premières études terminées, Pierre fit son droit, disant que son goût pour la dispute l'obligeait à choisir la profession d'avocat. Mêlé à toutes les réunions de jeunes gens, il revenait chez son tuteur l'esprit et le cœur pleins des idées et des sentiments de sa génération. Ses espérances, sa foi, son ardeur faisaient sourire Dénegrey, et ses provocations n'obtenaient que des réponses ironiques.

Frédéric, après la mort de son ami, s'était un beau matin remis à écrire. Ne voulant pas comprendre qu'il allait s'épuiser dans une lutte impossible, il avait continué d'attaquer un adversaire triomphant, qui changeait sans cesse à son gré le terrain du combat, réglait le choix des armes, forçait son ennemi de se tenir à découvert tandis qu'il s'entourait de formidables retranchements. Le pauvre guérillero bataillait à la fin par habitude plutôt que par amour, et il se reprochait parfois la naïveté de son courage ; mais il refusait de déposer la plume dans la crainte d'être déclaré vaincu.

Cependant le jour arriva où la pupille de Dénegrey sortit de pension. Isabelle avait une gaieté qui, si l'on peut dire ainsi, n'était pas raisonnée, voulue, comme celle de son frère, et irritait moins l'âme aigrie de Frédéric. Il ne reprochait à la jeune fille qu'une insouciance prodigieuse, que Pierre prenait pour un commencement de foi dans le juste et nécessaire enchaînement des choses, et qu'il défendait à la moindre attaque.

Isabelle en quittant sa pension avait demandé des professeurs ; mais son amour pour les jeux, sa passion pour les fêtes et le monde, auquel elle ne voulut jamais sacrifier son goût très-vif pour l'étude, tout cela, mené de front, emplit ses jours d'occupations trop nombreuses et fatigua sa santé. Elle avait près de vingt ans et elle travaillait encore, lorsqu'un médecin, autrefois ami de son père, lui ordonna d'aller à Nice. Elle partit avec son frère et une gouvernante. Les deux jeunes gens eurent un vrai chagrin en abandonnant leur tuteur. Le voyage, la liberté, l'horizon toujours bleu, les consolèrent pour quelques semaines de cette séparation.

mais bientôt l'absence de Frédéric leur parut insupportable. La splendeur d'un ciel sans nuages, au lieu de les égayer, finit par les assombrir. L'amitié, ce phare intérieur, leur manquait. Ils s'aperçurent qu'il faut deux lumières aux cœurs aimants, et que l'éblouissante clarté de l'une ne sert qu'à mieux montrer les ombres de l'autre.

IV

Frédéric, durant tout son voyage, avait été si absorbé par sa contemplation intérieure qu'il n'avait rien vu des magnifiques paysages semés à profusion sur sa route. Après Marseille, il s'était paresseusement étendu dans son wagon. La tête appuyée contre l'une des vitres, il regardait la mer comme il eût regardé la Seine en passant sur les quais un jour de préoccupation. Mais dans la plaine d'Antibes ses yeux distraits furent tout à coup frappés par une lumière si vive, que son esprit sembla en recevoir un choc et revint à la réalité des choses présentes. Le soleil, en se couchant, jetait sur les hautes montagnes couvertes de neige d'ardentes lueurs dont l'œil ébloui ne pouvait supporter l'éclat.

« Où donc avais-je appris que les glaciers ne faisaient pas plus d'effet que nos blancs nuages parisiens ? se demanda Frédéric. Quel voyageur maussade avait si aisément persuadé mon ignorance ? »

Il admira beaucoup le vieux bourg de Cagnes et la façon pittoresque dont ses maisons sont assises sur des escarpements couverts d'aloès. Dénegrey pensa que ce pays devait être resté tel qu'il avait été fait. Pourquoi rebâtir d'ailleurs ? Quel plaisir prendre au changement en présence de tant de choses immuables ? Qu'est-ce que le progrès ou la versatilité humaine en face de l'immensité de la mer, du ciel, des altitudes ?

Lorsque Frédéric eut franchi le pont du Var, il traversa de grandes prairies sur lesquelles descendaient lentement les ombres du soir. Du foin coupé y était répandu. Ce petit détail mit le comble à son enchantement.

Il aperçut enfin Nice avec ses guirlandes de lumières réfléchies par l'eau, et ses blanches villas déployées en éventail autour de son golfe.

« Je rêve, dit-il, ou bien les contes des *Mille-et-une-Nuits* sont devenus des réalités ! »

Isabelle et Pierre étaient arrivés à la gare une heure trop tôt. Leur impatience de revoir Dénegrey était égale ; ils n'osaient se montrer leur émotion.

Lorsque le train parut, ils se précipitèrent aux portes vitrées des salles d'attente. Frédéric, comme tous ceux qui voyagent pour la première fois, s'était embarrassé de valises, de couvertures, de sacs, et tardait à descendre de son wagon. Isabelle eut un moment d'angoisse ; mais Pierre s'écria tout à coup qu'il apercevait son tuteur.

C'est une grande joie de s'embrasser après une longue séparation. Les plus graves perdent un peu la tête. On prononce des mots sans suite, on fait des questions qui n'attendent point de réponse, on rit, et quelquefois on pleure.

« Chers enfants, balbutia Frédéric, je vous aime encore plus que je ne pensais... »

Tous trois montèrent dans une voiture découverte. Il était huit heures. La lune venait de se lever, et son large croissant éclairait un ciel profond.

Après un silence plein de serrements de mains, de regards attendris, de soupirs heureux, Pierre demanda brusquement à son tuteur ce qu'il pensait de son voyage.

— Ah ! répondit Frédéric, je suis dans un enthousiasme ému. Ce que je vois me touche et me pénètre. Les brumes de mon esprit sont pourchassées par le soleil, et il me semble que ma confiance d'autrefois fait sa rentrée dans mon cœur aux applaudissements de mon être tout entier. Il n'y a pas jusqu'à ma quarantaine, hier si proche, qui ne s'efface avec discrétion derrière moi, au lieu de caracoler en avant sur ma route comme elle le faisait jusqu'aujourd'hui.

— Votre quarantaine ! répartit Pierre avec vivacité, mais vous n'avez pas quarante ans.

— J'en ai trente-neuf carillonnés, mon jeune ami.

— A la bonne heure, ménagez-vous.

— Que le temps nous a duré loin de vous, dit Isabelle.

— J'étais le plus à plaindre, chère enfant. Avais-je, moi, pour distraire mon ennui, cette lune énorme, une mer à la surface de laquelle toutes les étoiles brillent, ce qui fait, ne vous déplaise, deux firmaments au lieu d'un ? Combien vous me manquiez, mademoiselle ! J'ai tout quitté, mon Paris glacé, mes rues boueuses, un ciel que les tours de Notre-Dame ont peine à soutenir, pour rejoindre ceux qui m'avaient si cruellement abandonné.

— Pouvez-vous parler ainsi, cher tuteur ? répondit la jeune fille. Sachez que j'eusse préféré souffrir et rester auprès de vous.

— Je n'en crois rien. Convenez qu'il m'a fallu peu d'efforts pour vous décider à partir. Hélas ! vous n'étiez pas fâchés l'un et l'autre d'échapper à la surveillance d'un tuteur farouche, et vous étiez ravis de parcourir le monde en liberté, jeunes pigeons aventureux.

Ils se récrièrent.

— Je ne veux point disputer par une si belle nuit, ajouta Frédéric ; laissez-moi plutôt admirer ce qui m'entoure. J'aime cette nonchalante et gracieuse mer, j'aime ces sommets altiers sous la voûte vraiment céleste. Le beau pays, où l'on trouve à la fois la douceur et la force !

V

Le lendemain, Dénegrey, fatigué de son voyage, dormit tard, et ne descendit qu'après onze heures au salon, un joli salon, tendu de perse bleue, très-éclairé par deux hautes fenêtres et par une porte vitrée s'ouvrant sur le jardin. Des tables, de grands meubles de paille finement tressés, un piano, des vases de toutes formes remplis de fleurs, composaient l'ameublement de cette pièce qui n'avait pas la prétention de lutter avec la splendide décoration du dehors, et qui reposait, au contraire, par sa simplicité, l'esprit lassé d'une perpétuelle extase.

Les fenêtres et la porte étaient ouvertes ; il faisait un temps magnifique, et de beaux rayons de soleil inondaient ce salon de lumière et de chaleur.

— Bonjour, monsieur le paresseux, dit Pierre, que Frédéric n'avait pas vu à son entrée, et qui lisait les journaux dans un coin ; voilà, je crois, un soleil qui peut remplacer tous les becs de gaz de la capitale. Vous allez le saluer d'une ode enthousiaste !... Quoi, rien qu'un sourire ? Venge-toi, beau Phébus !... Cher tuteur, ajouta-t-il plus sérieusement, promettez-moi de ne pas résister au bleu, de vous laissez pénétrer par lui ; il opérera des miracles en vous.

Isabelle qui cueillait des fleurs dans un parterre à côté du salon, entendant la voix de Pierre, accourut pour voir si c'était à son tuteur qu'il s'adressait.

Elle dit à Dénegrey un « bonjour, monsieur le paresseux ! » tout semblable à celui de son frère, lui tendit ses deux mains pleines de verdure fleurie, et se leva sur la pointe des pieds pour lui présenter son front.

Il l'embrassa bruyamment, et, après l'avoir un peu éloignée de lui, il la loua de sa fraîcheur et de sa beauté.

— Savez-vous comment on a surnommé votre pupille à Nice ? demanda Pierre à Dénegrey.

— Comment donc ?

— La rose des Alpes ! Ah ! je suis fier de ma petite sœur. Un de ses courtisans, un Italien, lui disait avant-hier au bal qu'elle est le rêve de Raphaël, l'idéal du Titien, que toutes les flammes du Vésuve et de l'Etna brûlent pour elle dans les cœurs et les réduisent en poussière.

— C'est délicieux et terrible à la fois. Heureusement les cœurs renaissent de leurs cendres, sans quoi les jolies femmes seraient cause de bien grands désastres. Charmante divinité des jardins, ajouta Frédéric en s'adressant à sa pupille, voulez-vous m'offrir une rose, non, une marguerite indiscrète ; nous l'effeuillerons pour savoir si votre admirateur italien vous sera fidèle ?

La jeune fille donna une rose à son tuteur et garda ses marguerites. Comme il tendait la main, elle répondit en rougissant :

— Non, il ne faut pas se moquer de ce que disent les fleurs.

— Tu t'entretiens donc sérieusement avec elles ? demanda Pierre d'un ton froid et dédaigneux.

Frédéric regarda tour à tour ses deux pupilles avec curiosité, s'attendant à quelque impertinente réponse d'Isabelle ; mais la jeune fille, qui n'avait pas pris garde aux paroles de son frère, chantait un gai refrain et réunissait ses roses et ses marguerites en bouquet.

— Voilà qui est fait, dit-elle, après avoir redressé du bout des doigts quelques fleurs insoumises. Déjeûnons, messieurs ; j'ai organisé pour vous une promenade, et il faut que nous soyons prêts dans une heure.

Dénegrey suivit Isabelle et Pierre dans la salle à manger. Il s'assit avec distraction, et après un long silence, levant tout à coup ses yeux interrogateurs sur sa pupille :

— Chère enfant, lui dit-il, que signifiait ce refus de me donner une innocente marguerite ? Me cachez-vous un aimable mystère ? Votre embarras, votre rougeur sont peut-être la préface d'une confidence dont Pierre m'a parlé dans sa dernière lettre ? Auriez-vous, mignonne, abandonné enfin cette insouciance, cette légèreté qui n'étaient plus de votre âge et me chagrinaient si fort, pour ouvrir votre cœur à l'émotion, à la mélancolie ?

La jeune fille inquiète jeta des regards si désespérés à Pierre, que celui-ci, voyant son trouble, essaya de détourner la conversation.

— Cher tuteur, dit-il, votre dernière phrase contient une épigramme à l'adresse de Isabelle, et je la relève ; laissez-lui donc, je vous en conjure, cette gaieté printanière que vous lui reprochez sans cesse, tandis que vous ne me reprochez jamais à moi ma croyance résolue dans les joies d'ici-bas.

Frédéric, fâché de l'interruption demi plaisante de son pupille, répondit, non sans impatience :

— Avec vos vingt-quatre ans, vous êtes encore un jeune homme, mon ami, tandis qu'Isabelle est femme depuis longtemps. Si ce que j'ai dit a l'apparence d'un blâme, comme vous le prétendez, je le maintiens. Le jour où votre sœur sera plus grave, plus réfléchie, je la déclarerai parfaite.

— Chacun possède un idéal qui répond à son caractère, dit le jeune homme ; ce que vous admirez m'ennuierait fort. J'entends que ma femme soit très-vivante, très-enthousiaste, peu prévoyante, et point réfléchie du tout.

— Aussi êtes-vous sur le point de choisir pour compagne Maria Monnier, qui est la plus extravagante de toutes les amies de votre sœur. Après tout, il se peut que vous soyez heureux avec elle !

— J'en suis certain, dit Pierre.

— Vous croyez encore à toutes les joies du monde, ajouta Dénegrey. Vous ne connaissez ni le dégoût des choses humaines, ni le doute, ni les défaillances, ni les mortels désenchantements qu'amènent dans le cœur les hautes ambitions. Vous avez vingt-quatre ans, et la loi qui règle les rapports des êtres avec les milieux fait que la jeunesse, à chaque génération nouvelle, entre avec confiance dans l'arène sociale ; mais plus les générations s'amassent et se pressent, plus tôt elles ont à lutter, et plus vite elles s'aperçoivent que tout s'abâtardit, se décompose, et meurt. Isabelle a vingt ans. Celui qui nous demandera sa main, selon toute prévision sensée, n'aura ni votre âge, ni votre caractère, mon enfant. Il sera, croyez-le, plus attristé que vous, et la confiance irréfléchie d'Isabelle, son excessive gaieté, le feront souffrir.

La jeune fille écoutait toutes les paroles de son tuteur avec une religieuse attention et paraissait les approuver.

Pierre alors répliqua :

— Voilà un beau discours prononcé avec feu, n'est-ce pas, Isabelle ? Notre ami me semble pareil à cette statue d'airain que le soleil faisait résonner.

— Tais-toi, méchant petit frère, et profite, comme moi, des heureuses dispositions de notre tuteur, auquel je voudrais bien oser demander quelque chose.

— Quoi donc, chère petite ? dit Frédéric reprenant sa bonne humeur.

— Promettez-moi de me répondre sérieusement, reprit-elle avec embarras.

— Je vous le juré.

— Croyez-vous que ce soit un grand bonheur d'aimer ?

— Oui, et pour qui n'a rencontré sur son chemin que le mensonge et les promesses vaines, il n'y a plus qu'une joie possible, c'est l'amour.

— N'avez-vous jamais songé à vous marier, mon bon ami ? demanda la jeune fille avec hésitation.

— Vous voulez une confidence entière, mon enfant ; eh bien, je vais vous la faire, mais à une condition.

— Laquelle ? dites vite.

— C'est que vous me laisserez vous questionner à mon tour quand il me plaira.

— J'accepte.

Il reprit :

— Jeune, j'avais mis tout mon idéal dans les progrès de l'esprit, et plus tard dans la politique. A la mort de votre père, je n'ai eu qu'un désir : le remplacer auprès de vous ! Mais depuis que vous m'avez quitté, j'ai songé beaucoup au jour où vous m'abandonnerez entièrement, jour prochain peut-être. N'ayant plus guère foi dans les progrès de l'esprit ni dans la logique des faits, j'ai cherché qui pourrait sourire encore à ma vie désolée, et j'ai rêvé de grand amour : rêve d'un soir que le matin a vu disparaître. Par Balzac, mes amis, je ne suis cependant point d'âge à renoncer au bonheur d'être aimé. Mais le bonheur échappe à l'homme comme l'eau limpide à Tantale. Il me semble souvent que j'ai droit à quelque tardive récompense. N'ai-je pas lutté pour le bien général et pour le développement de ce que j'avais de bon en moi sans prendre une heure de repos ? Qu'en est-il advenu ? Rien, sinon que je m'interroge, et que je résume tous mes actes avec un seul mot : pourquoi ?

— Qui a semé récoltera, dit Pierre.

— Maxime toute faite, mon enfant, vraie pour vous, fausse pour moi. Si j'avais votre âge, je pourrais espérer peut-être ; mais mon front est sombre, et ma physionomie semble dire que mon cœur est glacé.

— Il y a des femmes qui ne se trompent point aux apparences, répliqua Pierre.

— Où sont-elles ? En vérité, mes amis, je crois que l'amour n'existe que dans l'idéal, ajouta Frédéric avec amertume.

— Oh ! non, il doit exister réellement, dit Isabelle ; mais, comme pour la fortune et la gloire, il faut se donner beaucoup de peine quand on veut l'obtenir. Je crois que jamais le destin ne finit un grand amour, il l'ébauche, et c'est à ceux qui veulent être heureux de composer leur bonheur.

— Quelle folie ! s'écria Pierre ; il suffirait alors de connaître ta recette de la félicité, de semer ses espérances dans le cœur du premier époux venu, et d'attendre avec confiance le résultat de cet agréable essai. Je m'explique pourquoi les femmes se marient si légèrement. Tu reviens à tes idées de pension, ma pauvre petite sœur, et tu crains d'ajouter, sans doute, que la charité étant la plus grande vertu du monde, dès que l'on est assuré de faire le bonheur de son semblable, il est superflu de s'inquiéter de soi.

— Si le cas dont tu parles se présentait, répondit-elle, je n'hésiterais pas, à moins que tes vilaines doctrines n'aient déjà corrompu mon cœur.

— Ecoute mes paroles, ô jeune fille inexpérimentée ! ajouta Pierre. Le destin nous doit, nous doit, entends-tu, des récompenses proportionnelles à nos mérites, et nous n'avons qu'à exiger pour être servis.

— Vous me direz, mon cher enfant, dans les mains de quelle divinité on dépose ses réclamations, reprit Frédéric en riant.

— Ne croyez-vous donc pas du tout au bonheur, mon grand ami ?

— Ah ! je voudrais y croire ! Sous ce beau ciel, il est peut être plus facile d'être amoureux. Dans un pays où le corps n'a besoin que de quelques grains de riz pour vivre, le cœur pour aimer ne doit demander qu'une petite part de sentiment.

— C'est tout le contraire.

— Le bonheur que je rêve est impossible, continua Frédéric en se parlant à lui-même. Jamais le véritable amour n'a posé ses deux pieds sur notre terre ; il ne s'y est perché que sur une patte, les ailes ouvertes et prêt à s'envoler. Héloïse était battue, dit la légende, Laure n'aimait pas, et Juliette est morte !

— L'affreux blasphème ! s'écria Isabelle, qui voila son joli visage de ses deux mains.

— C'est trop fort, répliqua Pierre hors de lui, et je proteste ! Vous êtes de grands attristés, de grands sceptiques, vous et vos contemporains. La tristesse et le doute ne sont plus dans nos âmes à nous ! N'allez pas dire qu'ils n'étaient point dans les vôtres,

à mon âge. Ils y étaient, je les vois. Vous chantiez la nonchalance et l'ennui, vous vous faisiez malades, vous adoriez l'ancien, le tout-fait, vous n'aviez pas la force de mettre quelque chose au monde, et votre idéal artistique est le père du bric-à-brac ! Pour nous plus d'histoires fantastiques, plus de héros bossus, plus d'utopie sociale avec des costumes et des mystères, plus de gothique ! mais le réel, le simple, et pour cathédrale, pour temple, de grands paysages bien éclairés !

Et comme le jeune homme s'arrêtait un peu confus,

— Bravo ! dit Frédéric.

— Parle encore, dit Isabelle.

— Si le ciel reste sombre à Paris, continua Pierre plus lentement, nous viendrons à Nice. L'art, comme les religions, aura ses pèlerinages ; nous pratiquerons en plein soleil, et l'idéal sera poursuivi par nos yeux jusque dans les profondeurs de l'Empyrée, d'où vient la lumière. Si par delà les mondes connus nous apercevons un Dieu avec deux grands bras paternels lassés par les siècles, nous les replierons doucement. Ils étaient nécessaires à l'homme, ces grands bras, au temps où le plus ferme trébuchait neuf fois par jour. Maintenant nous voulons marcher seuls, être libres ; nous sommes forts ! Nous ne demandons à l'humaine existence que ce qu'elle peut donner, sans plus. Nous acceptons ses douleurs, elles sont fortifiantes ; ses luttes sont une gymnastique saine au corps et à l'esprit !... La facilité des voyages fait l'homme roi de la terre ; qu'il s'y promène, la parcoure, la peuple, la fleurisse à son gré ; qu'il soit enfin l'être puissant de la nature. Que l'homme soit homme ! alors l'amour posera ses deux pieds sur notre boule ronde et repliera ses deux ailes.

— Eh ! dit Isabelle avec malice, tu seras un très-bon avocat.

— Pardonnez, cher tuteur, ajouta Pierre, feignant cette fois la confusion.

— Votre enthousiasme me réconforte, mon ami ; n'en reprenez rien. Je n'ai jamais été romantique, et les premières phrases de votre discours ne m'ont point déplu. Pour cette confiance aussi présomptueuse qu'inaltérable dont je me moquais à Paris, je m'aperçois qu'elle est ici dans son vrai cadre, et elle ne m'offense en aucune façon. Mes chers enfants, si je devais vous avoir toujours à mes côtés, je ne me plaindrais pas. Cette désolation que je vous montre aujourd'hui et dont mon cœur est rempli vient surtout de la crainte que j'ai de vous perdre.

— Si vous voulez, dit vivement Isabelle, nous ne vous quitterons jamais.

— Si je le veux ! répliqua-t-il avec son meilleur sourire.... Mais non, chère enfant, c'est impossible, puisque vous avez un secret d'amour à me confier.

— Le carosse qui doit nous conduire au vieux château est arrivé, dit la jeune fille en se levant.

Quelques minutes plus tard, ils montaient en voiture. Frédéric s'assit en face d'Isabelle. et lui prit la main :

— Cette confidence, dit-il avec autorité.

VI

Isabelle avait préparé un long récit, mais, au moment de le faire à son tuteur, elle se sentit embarrassée, inquiète, hésitante, mécontente d'elle-même ; il lui sembla, d'ailleurs, que les choses n'étaient pas assez avancées pour qu'elle fût tenue d'avouer un choix encore très-incertain.

Frédéric lui répéta deux fois qu'il l'écoutait.

Alors elle prit courage, et dit d'une voix brève :

— Il s'appelle Léon de Barcis. Je lui parlai pour la première fois dans un bal durant une valse. Jamais auparavant je n'avais été regardée par des yeux si doux. Mon cœur s'émut, et le trouble de M. de Barcis me fit seul oublier le mien. Cher tuteur, j'ai revu souvent Léon depuis ce bal, et malgré les protestations de Pierre à qui il ne plaît pas guères, je lui ai permis de venir à la villa des Palmiers.

— Pourquoi ce M. de Barcis vous déplaît-il ? demanda Dénegrey au jeune homme.

— Parce que c'est un papiste et qu'il s'est battu à Castelfidardo !

— Tout cela est-il sérieux ? dit Frédéric.

— Très-sérieux, répliqua Pierre.

Dénegrey réfléchit un moment, puis il dit avec lenteur et tristesse :

— Je le verrai... D'ailleurs puisque Isabelle l'aime !

— Elle ne l'aime pas, mon ami.

Et comme la jeune fille se taisait :

— Répondez, Isabelle, je vous en conjure. ajouta Frédéric.

— Je n'aime pas monsieur de Barcis de ce grand amour enthousiaste et content dont Pierre parle sans cesse et que Maria Mounier a su lui inspirer ; mais Léon m'intéresse beaucoup plus que tous les jeunes gens que j'ai connus ; il a le caractère, la distinction d'un vrai chevalier ; c'est un vaincu, il est affligé, malade.

— Fais-toi sœur de charité, dit Pierre avec brusquerie.

— Hélas, je n'en ai pas la vocation.

— C'est dommage.

Dénegrey obligea son pupille à se taire. Il savait par expérience ce que la contradiction de Pierre pourrait faire dire de sottises à sa sœur, et il craignit que, pour avoir raison, Isabelle ne donnât un nom trop tendre à ce généreux intérêt que les femmes éprouvent pour les malades, les vaincus et les affligés.

Il parcourut du regard avec une attention d'abord feinte, mais bientôt réelle, le site admirable qu'il avait sous les yeux.

On monte lentement la route escarpée qui conduit à l'esplanade du vieux château. Dénegrey, à demi perdu dans une vague rêverie, contemplait les merveilles du panorama qui se déroulait autour de lui. A travers de noirs cyprès, il aperçut le petit port niçois caché au fond d'une anse arrondie. La mer était d'un vert glauque autour des navires, blanchissante à la pointe de Montboron, bleue au large. Cette variété de couleur d'une mer qu'on lui avait dit monotone l'enchanta.

Les hauts versants de la route sinueuse du vieux château sont couverts d'aloês gigantesques, de plantes grasses d'une diversité infinie, de cactus fleuris de leurs fruits rouges, d'iris blancs et lilas, de chênes-verts et de myrtes. De vieux murs emplis de bouquets, des ruines dorées par le soleil et souriantes, une magnifique allée de dattiers dont les palmes se penchent amoureusement vers la terre, charment tour à tour le regard. Un troupeau de paons, seuls animaux qui puissent ajouter à la richesse d'un tel paysage, est répandu dans cet Eden.

Les promeneurs descendirent de voiture et montèrent les degrés de l'esplanade. Comment retenir un cri d'admiration ? Nul spectacle n'est comparable à celui-là : c'est d'abord l'infini de la mer, la belle presqu'île d'Antibes et son phare élégant, le gracieux golfe de Nice, des collines couvertes d'oliviers et pleines de molles ondulations, le château de Saint-André au fond d'une gorge étroite, le mont Chauve et quelques sommets neigeux derrière lui, Carabacel et ses villas, nids délicieux posés au versant du côteau, puis de vertes prairies et des maraîchages parlant de printemps perpétuel ; c'est encore le vieux Nice, sombre et jaloux des coquettes villas qui le dominent et semblent lui avoir volé tous les rayons de son soleil ; puis enfin des petits bateaux avec des ailes blanches, de grands navires aux mâts nombreux, la longue promenade des Anglais envahie par la foule, et, non loin de l'esplanade, un cimetière fleuri comme le reste et tout ensoleillé.

Il y a de cela bien longtemps, si longtemps que la date en est perdue, une fée puissante s'arrêta sur ce haut mamelon, et le trouvant à son gré pour y rendre un oracle, elle dit, en étendant le bras : « Les riches de la terre viendront ici guérir tous leurs maux ou jouir de leur bonheur, les roses y fleuriront sans cesse, la mer y restera paisible, les arbres y garderont leurs feuilles, et la neige ne couvrira les hauteurs que pour rappeler aux habitants de ce fortuné séjour que l'hiver règne en d'autres contrées... La mort elle-même y paraîtra plus douce ! »

— Partons, mes amis, dit Frédéric, il ne faut pas dévorer tout son enthousiasme en un jour !... Où allons-nous ? demanda-t-il en remontant en voiture.

— A la promenade des Anglais, dit Isabelle ; c'est l'heure où le monde élégant se fait voir, et pour un Parisien le spectacle est curieux.

— Nous y rencontrerons certainement M. de Barcis, ajouta Pierre, et vous pourrez juger de ses charmes et de ses mérites.

— Savez-vous, mon cher, que je ne suis pas certain du tout d'être juste envers ce jeune soldat du pape ? dit Frédéric à moitié sérieux.

— Tant pis pour la pauvre Isabelle, répartit Pierre d'un ton de regret hypocrite.

Lorsqu'ils furent arrivés à la promenade des Anglais, ils renvoyèrent leur carrosse. Dénegrey offrit son bras à sa pupille.

A peine avaient-ils fait quelques pas qu'un jeune homme pâle et lent se détacha d'un groupe d'amis, et se dirigea vers Isabelle. Il avait l'air faible et souffrant. Ses yeux bleus étaient d'une beauté, d'une douceur incomparables, et toute sa personne un peu courbée, très-allanguie, respirait une élégance, une distinction parfaites

— M. de Barcis, dit Isabelle à Frédéric.

Celui-ci ressentit comme une douleur sourde au cœur, son front se couvrit de nuages.

Quand le jeune gentilhomme eût été présenté à Dénegrey, il lui dit :

— Monsieur, vous étiez bien impatiemment attendu.

— Oh oui ! répliqua vivement Isabelle, qui s'appuya plus tendrement au bras de son tuteur, et depuis hier je ne regrette plus du tout Paris.

Frédéric considérait Léon de Barcis avec une curiosité mêlée d'une antipathie instinctive.

Le jeune homme, un peu gêné par la froideur de l'accueil de Dénegrey, salua en demandant l'autorisation d'aller le soir faire une visite à la villa des Palmiers.

Isabelle s'empressa de répondre affirmativement en serrant la main de Léon, tandis que son tuteur s'inclinait.

Lorsque M. de Barcis se fut éloigné, la jeune fille leva les yeux sur Frédéric. Il avait cette physionomie dédaigneuse et hautaine qui éloignait de lui bien des gens, mais qu'il n'avait jamais prise avec ses pupilles. Elle n'osa lui demander ce qu'il pensait de Léon. Pierre regardait son tuteur avec un demi-sourire.

— Que le ciel est pur ! dit Isabelle en affectant l'insouciance ; qu'il fait bon vivre au soleil ! Les lézards sont décidément les êtres les plus spirituels de la création. Tout parle gaiement aux yeux dans ce pays, ne trouvez-vous pas, mon ami ? Voyez, le sol étale des richesses inconnues ailleurs ; il est plein de paillettes d'argent ; c'est à tout prendre dans sa poche !

— Je ne comprends pas, Isabelle, pourquoi la légèreté de Pierre n'a rien qui me choque ici, et pourquoi la vôtre m'irrite en ce moment plus qu'à Paris.

La jeune fille, blessée de ce reproche, et voyant que sa diplomatie ne servait à rien, répliqua d'un ton sérieux et résolu :

— Que pensez-vous de M. de Barcis ?

Dénegrey eut un mouvement de tête plein de fierté impatiente.

— Déja ! dit-il. Je le trouve, ma chère, aussi intéressant que vous me l'aviez annoncé ; c'est une nature très-maladive et très-faible. S'il s'annonce comme prétendant, j'émets le modeste avis que nous pouvons attendre pour vos fiançailles.

VII

Ce soleil, ce printemps, donnaient à l'âme de Dénegrey une vigueur extraordinaire ; il lui semblait la voir reverdir et nouvellement éclore comme un bourgeon fermé qui s'ouvre feuille à feuille. Cette lumière, en éclairant ses yeux, éclairait son esprit, tant les liens de ce qu'on appelle l'âme et le corps sont étroits. Sous un ciel bas, l'idée reste attachée au sol, mais tout s'épanouit et s'élance dans l'être sous un ciel doux et profond. Au rivage de la Méditerranée, la terre est nue, sans voiles de brume : on se sent regardé par elle, on pénètre aisément ses secrets, et cette nature si jeune, si fraîche, on l'aime, on donne à tout ce qui la compose une voix, une forme. Si dans les nuits et dans les jours sombres du Nord, les génies, les gnomes, les sorcières et les esprits malfaisants surgissent en foule pour le tourment des pauvres humains, dans le Midi, au contraire, renaissent les divinités païennes, amies et protectrices de tout ce qui est. S'ils n'avaient été déjà créés ailleurs, c'est en Provence aujourd'hui qu'on inventerait Neptune, Apollon et Diane; Phébus et Phébé y vivent réellement. Quoi de plus gracieux à suivre que les mouvements de la lune qui se mire, se baigne et frissonne à la surface des eaux? Les vagues qui se détachent au large et courent vers les plages ne ressemblent-elles pas à des chevaux marins qui portent un dieu et secouent avec fierté leur crinière flottante? Qui serait le « Dieu du jour, » sinon le divin guérisseur, l'astre bienfaisant qui réchauffe le littoral de Cannes à Nice? Tout vit sous le grand soleil, tout y parle à l'homme. Les rochers, avec leur ferme contenance, racontent qu'il faut savoir résister aux éléments destructeurs et se rire du sifflement des flots; les montagnes apprennent à relever le front et à contempler le ciel face à face.

Le soir, Léon de Barcis vint de très-bonne heure à la villa des Palmiers. Dès que les convenances le lui permirent, Frédéric quitta le salon et, sous prétexte de voir l'une de ces belles nuits d'Italie dont on lui avait beaucoup parlé et qu'il ne connaissait pas, il sortit dans le jardin. L'idée que son cœur entrait dans un état nouveau ne cessait de le poursuivre. Mille pensées confuses d'avenir l'assaillaient. Les voyages, pour ceux qui n'en ont point l'habitude, hâtent certaines transformations intellectuelles et morales. Jamais Dénegrey ne s'était senti le désir de s'occuper de lui-même avec cette persistance. Il recherchait les meilleures actions de son passé, s'interrogeait consciencieusement sur leurs mobiles, et reconnaissait avec humiliation que plusieurs étaient filles de son amour-propre et de son égoïsme plutôt que de sa générosité. Il eût voulu régler toutes ses affaires, déchirer quelques tendres billets, témoignages de courtes erreurs, qu'il avait laissés à Paris, faire son testament! Il éprouvait enfin ce qu'il avait éprouvé la veille d'un duel sérieux. Il se tenait prêt, à quoi? Sans doute à jouir de cette existence, paisible et fleurie, de l'affection de ses deux enfants, à s'occuper de leur bonheur. Ce mot de bonheur le faisait soupirer

tristement. Isabelle heureuse, Pierre heureux; quelle part lui reviendrait-il? Dénegrey avait trente-neuf ans, mais son esprit, sa réputation, sa figure, des yeux noirs profonds et scrutateurs qui pouvaient devenir tendres, de beaux cheveux à peine argentés, des mains admirables, sa grande taille, une élégance un peu hautaine qui lui allait bien et qu'il savait avoir, une vie assez pleine de traits remarquables, tout cela ne pouvait-il encore séduire une femme? Entrer tard dans une existence après que le reste a manqué, éclairer une âme assombrie, devenir le but de mille sentiments épars, prendre une main qui ne s'est pas ouverte, donner la jeunesse à qui ne l'a point possédée, être la compagne d'un homme que l'on dit exceptionnel, n'est-ce pas assez pour attirer une femme exceptionnelle? Fallait-il, comme les chevaliers des anciens jours, créer une dame dans son imagination, et courir de château en château, de ville en ville, de province en province, pour la rencontrer?

Frédéric alors se rappelait le refrain d'une vieille chanson: « Pauvre chevalier cherchera longtemps! » Etre amoureux de l'amour avant de l'être d'une créature réelle, l'insigne folie! Mais aimer pour aimer, n'est-ce pas déjà une douce joie? L'amour, d'ailleurs, s'échange avec tout ce qui tressaille et respire. Quel être n'en a le placement certain? Un cœur trop empli d'amour se donne à la terre, aux étoiles, aux fleurs, à la nuit, au matin, à des frères, à des sœurs, à l'humanité!

« Ah! le soleil, pensait Frédéric, que de glace il peut fondre en un jour! suis-je assez attendri? »

Il y a de ces heures où l'on voit en soi-même les changements qui s'y opèrent; plus ils sont brusques, mieux on en a conscience. Le passé disparaît comme dans un songe, le présent s'éloigne à tire-d'ailes, on est emporté vers l'avenir. On regarde tour à tour dans son esprit et dans son cœur... plus rien! opinions, sentiments, désirs, tout a fui. Quelques-uns s'empressent de combler l'abîme avec ce qui leur tombe sous la main; d'autres, comme Dénegrey, sont heureux d'avoir à refaire une part d'eux-mêmes, de laisser éclore en eux tout un renouveau d'opinions, de sentiments et de désirs.

Frédéric, que sa bête avait ramenée auprès de l'une des fenêtres du salon, vit Pierre et M. de Barcis causer ensemble avec animation. Isabelle écoutait leurs discours en approuvant de la tête tout ce que paraissait affirmer son frère. Dénegrey s'approcha de la porte, mais mille chaînes légères l'attachaient à cette nuit; il crut voir les arbres lui faire de grands signes pour le retenir, et il se dit que le silence racontait des choses éloquentes qu'il ne pouvait se dispenser d'entendre.

A cette dernière pensée il se moqua de lui-même et se demanda s'il devenait poëte, s'il avait livré sa raison pour une course sur le dos du cheval Pégase. Il prit une chaise sous une tonnelle couverte de lierre odorant, et s'assit en face des fenêtres du salon. Il voyait sans être vu. Quelques éclats de voix de son pupille lui apprirent que sa discussion avec M. de Barcis avait pour motif le pape et Castelfidardo.

Tout à coup Pierre se leva, réprimant à peine un dédaigneux mouvement d'épaules, prit un livre sur une table, et s'en alla lire dans le coin le plus reculé du salon. Isabelle vint s'accouder sur le balcon d'une fenêtre, vis-à-vis de la tonnelle où était Dénegrey. Léon ne tarda pas à l'y rejoindre.

— La belle soirée, dit le jeune homme, et qu'il est triste de penser que l'on abandonnera ce doux pays!

— N'êtes-vous pas libre d'y rester ou d'y revenir tous les hivers?

— Vous-même y reviendrez-vous, mademoiselle?

— Qui le sait!

— Si je ne dois pas vous y revoir, je le quitterai pour toujours.

— Mais vous êtes malade, et Nice vous est ordonné.

— Je suis malade par découragement plutôt que par maladie... Me trouvez-vous utile à quelqu'un ou à quelque chose? Que puis-je? Que veux-je? Quels sont mes motifs d'agir? Depuis bientôt deux mois, il me semble qu'un mauvais génie tient sans cesse allumée une lanterne magique au fond de mon cœur. Toutes mes idées, toutes mes croyances défilent les unes après les autres dans mon esprit, vêtues de costumes surannés. Je les dédaigne en les voyant si vieilles, et, j'ose le dire, si ridicules. Je réclame au ciel ma foi; il reste sourd à mes prières. Je veille et je combats pour rester fidèle à mes plus chères traditions; je vous vois, et le fruit de mes luttes est perdu. Une phrase de vous me fait entrevoir un monde nouveau qui m'attire, mais dans lequel il me serait impossible d'entrer seul sans vertige. Conduisez-moi, Isabelle; je serai tout entier à vous. Votre âme est-elle accessible à la vanité féminine, prenez la main de Léon de Barcis, et faites en un homme de l'avenir; ce ne sera pas une conversion banale! Si vous m'aimez, je signerai de mon sang le pacte qui doit m'unir à vous et aux vôtres; je suis prêt à consommer tous les sacrifices, à faire toutes les confessions que vous exigerez. L'amour triomphe de mes préjugés, de mes opinions et de tous mes autres amours. Vous êtes pour moi l'arbre de la science, et si en vous possédant, si en désobéissant à mon Dieu, je renonce à une certaine tranquillité béate, je renonce en même temps à l'ignorance; je souffrirai davantage, mais je saurai plus, et je vivrai! Chère Isabelle, mon cœur vous appartient, vous le savez; il aimera ce que vous aimerez; mon esprit est soumis au vôtre, il jugera comme vous voudrez qu'il juge; mon âme est dans les limbes, elle suivra votre âme dans les régions de la lumière. Ne vous détournez pas de moi, de mon existence. Si je ne vous avais point connue, j'aurais pu rester ce que j'étais; sans vous, je ne puis pas être ce que je deviendrai par vous. Guérissez des maux que vous seule avez causés, et que vous seule pouvez guérir. Vous êtes bienfaisante, répandez sur moi vos bienfaits. Oh! ne me dites pas non, je vous en conjure. Si nous étions seuls, dans cette belle nuit, je me jetterais à vos pieds, et j'arroserais vos mains de mes larmes jusqu'à ce que je vous aie touchée. Arrêtez! ne me répondez pas encore. Vos regards ne me laissent rien espérer. Epargnez-moi, Isabelle! Je me sens très-mal aujourd'hui. Réfléchissez longuement à ce que je vous ai confié. Si vous n'avez pas d'amour pour moi, vous avez au moins quelque estime, peut-être quelque amitié. Ne décidez pas trop légèrement de ma vie entière. L'effort que j'ai dû faire pour vous avouer ma tendresse, m'a brisé. Attendez une semaine pour me répondre. Si vous m'aimez, ce n'est pas trop de ces huit jours d'épreuve pour mériter une si grande joie; si vous ne m'aimez point, de grâce, accordez à un ami ces huit jours d'espérance. Aimez-moi, sauvez-moi!

— Mais, cher monsieur, dit-elle en essayant de le ramener à la réalité, jamais votre famille n'acceptera un pareil mariage.

— Ah! s'il n'y avait que cet obstacle, vous ne sauriez point qu'il existe.

— Eh bien! continua la jeune fille, je veux songer à tout ce que vous m'avez dit, j'y veux songer librement, et j'exige que vous ne me revoyiez pas durant ces huit jours. A cette condition, je vous jure de vous donner une réponse que j'ignore moi-même en ce moment.

— Ainsi vous ne vous étiez encore promise à personne?

— Non.

— Dieu des libres penseurs, dieu de l'avenir, dit gaiement Léon, si vous me faites aimer d'elle, je me livre à vous corps et âme !

— Cessez, cher monsieur, reprit Isabelle sur le même ton; à votre air on croirait que vous invoquez Satanas !

Frédéric s'était, par discrétion, éloigné de la tonnelle au début de l'aveu du jeune gentilhomme, mais il avait été poursuivi dans le jardin par les tendres paroles de Léon, et quoiqu'il se fût mis dans l'esprit qu'il ne les avait point écoutées, il lui eût été facile de recomposer entièrement cette triste déclaration.

Lui, si ému d'ordinaire par le spectacle d'une souffrance morale, ne se sentit nullement touché par celle de M. de Barcis; au contraire. Ces mots si doux, si suppliants, lui parurent cruels. Un honnête homme pouvait-il demander l'amour comme une aumône ? A la place de Léon, il n'eût point sollicité la tendresse d'Isabelle au nom de sentiments charitables qui n'ont rien à démêler avec l'amour. Il lui eût dit bravement, non pas : aimez-moi, mais : je vous aime ! Il ne tendrait pas, lui, comme une escarcelle ouverte, son cœur vide dans ses deux mains; il n'offrirait pas à une existence de fortifier la sienne, mais il s'offrirait pour en fortifier une autre. Ce jeune homme faible et découragé ne pouvait être l'époux de sa pupille. Qu'allait-elle décider cependant? Comment lui faire comprendre qu'elle ne devait pas lier son jeune sort au sort d'un homme lié lui-même au passé, et qui y reviendrait tôt ou tard? Il fallait à tout prix arracher Isabelle à cette situation. On avait huit jours, et Frédéric était homme à prendre une grande résolution. Il s'applaudissait d'être venu pour assister à l'éveil de ce jeune cœur qui courait de si réels dangers. Ah! si les étoiles et la nuit qui avaient reçu tant de secrets d'amour voulaient le conseiller? Mais elles ne lui répondirent qu'en lui parlant de la gracieuse beauté d'Isabelle.

Il se promenait en tous sens dans le jardin, laissant et reprenant mille projets sans en arrêter aucun. Il cherchait avec insistance quel jeune prétendant de son choix il pourrait opposer à Léon ; mais tous lui paraissaient indignes d'Isabelle, et de même qu'il n'avait osé jusque-là en présenter un seul à la jeune fille, il les repoussait encore à mesure qu'ils lui revenaient en mémoire. Il fallait à cette chère enfant un mari très-calme, très-instruit, d'une vraie solidité de cœur, d'une grande élévation morale, et qui pût aider au développement d'un jeune esprit encore enfermé dans d'étroites limites, mais destiné à prendre quelque jour un large vol.

Dénegrey songeait alors sans dédain à la foi résolue de Pierre, à sa recherche d'une philosophie nouvelle, recherche qu'il avait raillée avec impertinence jusqu'à ce moment. Débarrassé de ses entraves, l'esprit de Frédéric, lui aussi, se sentait le désir de la découverte; il voulait marcher, courir; il acceptait même de retourner un peu en arrière pour mieux se lancer en avant. Il avait participé aux travaux d'une génération beaucoup plus âgée que lui ; ne pouvait-il aider aux expériences d'une autre plus jeune ? Chaque génération ne naît pas en un seul bloc. N'est-il pas donné à certains hommes d'être l'anneau d'une chaîne qui les relie entre elles, de s'associer aux efforts de la génération qui les précède et de lutter avec celle qui les suit ? Hommes vraiment privilégiés, qui ont deux actions, deux jeunesses, et parfois, comme conséquence, deux bonheurs ! Dénegrey se dit qu'il en avait fini avec un passé disparu, que rien ne l'attachait à un présent banal, qu'il n'avait point fourni sa carrière, et qu'il se sentait encore assez de vaillance pour tenter quelques incursions dans le futur.

« Que de choses à leur apprendre, à ces jeunes révolutionnaires ! se dit-il; je serai pour eux une tradition vivante. Allons, le sort en est jeté, je m'engage dans la phalange des jeunes croyants. Ma foi, trop tôt délaissée, va renaître !... Mais que ferait maintenant au milieu de nous un homme du vieux temps? De quel droit une race ennemie et prête à s'éteindre vient-elle nous demander le meilleur de notre jeune sang pour la revivifier? Arrière! que ceux qui doivent mourir, meurent! Ne nous arrêtons pas au spectacle de leur lente agonie. Isabelle restera des nôtres, et, tôt ou tard, nous lui chercherons un mari qui la vaille, et qui l'aime autrement que M. de Barcis !

Tout à coup des notes gracieuses jaillirent et chantèrent au milieu du silence de la nuit comme l'eau emperlée des cascades. Isabelle s'était mise au piano, et jouait un rondeau pastoral de Beethoven, que Dénegrey lui avait fait redire bien des fois dans ses jours de tristesse, et qui était devenu pour lui une sorte de rappel à la gaieté. Cette églogue débutait par un motif d'une allégresse, d'une fraîcheur délicieuses, et qui reparaissait dans tout le cours du rondeau lorsqu'une phrase allanguie vous avait jeté dans le rêve ou dans un commencement d'émotion. Frédéric voyait, en écoutant ce rondeau, une verte prairie ombragée par de grands peupliers et parcourue en tous sens par un ruisseau où se miraient des fleurs et sur les bords duquel se penchaient à demi des saules. Au loin venait une troupe de jeunes garçons et de jeunes filles les mains enlacées. Tous étaient couronnés de feuillage et portaient un bouquet à leur ceinture ; des musiciens les suivaient. La bande joyeuse s'arrêtait au milieu de la prairie, faisait courir ses deux extrémités l'une vers l'autre, les unissait, et formait une grande ronde au centre de laquelle valsaient tour à tour des couples amoureux; quand l'un de ces couples entrait dans la ronde, les violons répétaient leur aimable refrain !

Frédéric se demanda par quelle série d'idées Isabelle en était venue à jouer ce morceau, si étourdissant de verve et de gaieté, après la déclaration de M. de Barcis. Avait-elle voulu y puiser déjà l'oubli de l'amour égoïste de ce descendant des croisés ? Dénégrey s'approcha d'une fenêtre pour applaudir la jeune fille : il aperçut Léon, et recula.

— Cet air m'a fait mal, dit tout haut M. de Barcis; je souffre, permettez-moi de vous quitter.

Et il s'en alla après avoir pris la main d'Isabelle et lui avoir répété bien bas : « Aimez-moi! »

— Où donc est Dénègrey? demanda tout à coup Pierre à sa sœur, qui, pensive, était restée à la place où Léon l'avait laissée. Notre ami est dans une agitation inexplicable que ni son voyage ni la beauté de ce pays ne suffisent à motiver; si notre père vivait, il nous en eût déjà donné la raison; il connaissait si bien son premier lui-même, comme il l'appelait. Cher tuteur ! lorsque je le vois tourmenté, je me souviens toujours des paroles de notre père mourant : « Devenez sa récompense ! » Que ne ferais-je pas pour le rendre heureux!... Mais je vais le chercher, car il finirait par prendre un rhume, et cela gâterait son enthousiasme naissant pour le ciel de la Provence.

Pierre sortit et ramena Frédéric.

— Comment, mademoiselle, dit le jeune homme qui tenait son tuteur par la main, vous tolérez que votre meilleur ami vous préfère l'insipide Phœbé?

Et comme la jeune fille n'écoutait pas :

— Je vous donne ma parole, ajouta-t-il en s'adressant à Dénégrey, que si j'étais femme je voudrais conquérir vos attentions, bel admirateur des ténèbres, monsieur l'homme froid, qui seriez si passionné si vous étiez amoureux !

— Taisez-vous, Pierre, nous ne sommes pas seuls, et vous allez me perdre de ré-putation dans l'esprit de votre sœur avec vos sottises, répliqua Frédéric, à qui ces paroles ne déplaisaient pas.

— Avouez, poursuivit le jeune homme qui était en veine d'incartades, que jusqu'ici vous n'avez jamais été véritablement épris que de l'attrayante République et de la délicieuse Economie Sociale, dames de beauté réelle, qui se complètent l'une par l'autre, j'en conviens, -mais qui ne rendent pas amour pour amour. Avouez qu'aujourd'hui vous pensez qu'une gentille petite femme bien vivante ferait mieux votre affaire, et réjouirait votre existence autrement que vos premières passions? Je t'interpelle, petite sœur rêveuse ; écoute, et réponds en toute franchise. Estimerais-tu plus un homme qui aurait confessé une faiblesse que celui qui montrerait l'inébranlable résolution de rester un roc endurci ?

Isabelle repartit en souriant:

— J'estimerais beaucoup plus le premier.

— Très-bien! Alors apprenez, monsieur notre tuteur, ce que les idiots savent tous, et ce que votre science vous a certainement empêché d'apprendre : c'est que l'amour est la première loi des êtres. Anti-humain, anti-social, le célibataire amoureux seulement de ce que l'on nomme les questions! Vivent les réponses! Il n'y a que l'amour de la femme qui les donne ! Accusé, nous direz-vous quelque chose pour votre défense ?

— Je reconnais humblement, répondit Frédéric avec bonne humeur, que je n'ai rien compris à rien jusqu'à présent, et qu'il faut que je me mette entre les bras de mes enfants pour apprendre à marcher. Je leur serai très-reconnaissant de vouloir bien s'intéresser à ma jeune éducation. Je conviens, en outre, que j'ai couru dans mon adolescence après les faveurs de dames abstraites que j'aurais dû ne rechercher que dans ma vieillesse. Peut-être, pour avoir commis cette faute impardonnable, suis-je condamné à aimer trop tard? J'avoue enfin que je donnerais toute mon existence passée pour un pauvre petit amour réel, et je termine ces dits aveux en suppliant le ciel, la mer, les arbres, le soleil, pour prix de mon admiration et de l'influence que je leur laisse prendre sur mon esprit, mes pensées, mes sentiments, de m'envoyer à quelque prochaine aurore la femme de mes rêves d'un jour tout enveloppée de rayons roses.

— Voilà, dit Pierre, un converti de la dernière heure qui ne donne pas sa conversion pour rien. C'est égal, je trouve sa cause suffisamment entendue, et je propose de l'acquitter.

Isabelle considérait son tuteur avec un étonnement profond ; il prenait une physionomie nouvelle, un accent nouveau qui la troublaient singulièrement. Lui, voyant la jeune fille plus réfléchie, presque mélancolique, la trouvait plus belle et l'aimait davantage.

VIII

Le soleil se levait à six heures. Il se levait à l'est de la Corse, et gravissait les marches invisibles de l'empyrée avec la lenteur d'un dieu qui marque le temps et sait que rien ne peut lui disputer l'espace. En montant, il versait à profusion la lumière et la couleur, revêtait les flots de pourpre, couvrait de nuages roses la terre endormie, et gardait pour lui seul son manteau d'or toujours ruisselant.

Frédéric s'était levé avec le soleil. Sa chambre donnait sur une grande galerie ouverte qui faisait le tour du premier étage de la villa, et d'où l'on découvrait un paysage splendide. Il vint s'accouder au bord de cette galerie dont toutes les colonnettes étaient ornées de plantes grimpantes fleuries et parfumées. En contemplant le lever du soleil, il se souvint d'un vers très-ridicule qui consacre la vertu des admirateurs de l'aurore, et il se dit, sans sourire, que rien ne pouvait émouvoir une âme sincère plus que le spectacle qu'il avait sous les yeux. L'ascension du Dieu puissant du jour lui parut comparable à l'ascension d'un grand esprit, qui, dédaigneux des entraves, prend son essor, escalade le ciel, contemple pendant une heure l'infini du plus haut point de l'horizon, et redescend, comme le soleil, sans jamais retourner en arrière, pour remonter le lendemain.

Lorsqu'Apollon eut cessé de chanter son magnifique solo d'ouverture, Dénegrey prêta quelque attention aux exécutants de second ordre du grand concert qui lui était donné. Les petits oiseaux, ivres de joie, jetaient à tort et à travers toutes les notes qui leur passaient par la tête ; les cigales répétaient avec une constance admirable leur cri printanier ; dans une ferme, au pied de la colline, on entendait le long bêlement des brebis et des chèvres qui applaudissaient d'une voix mélancolique au retour du soleil.

Dénegrey considéra dans l'éloignement les vagues écumantes de la mer ; plus près, de longues prairies inondées de pâquerettes, de hauts palmiers dont les branches flexibles se penchent vers la terre et dont le tronc à l'écorce tourmentée montre un vigoureux effort de l'arbre pour ajouter chaque saison à sa propre grandeur. Les grappes rouges des faux poivriers, agitées par la brise, rendaient un son pareil à celui que fait le serpent à sonnettes. Frédéric se plut à regarder de nouveau l'olivier dont les feuilles grises s'argentent sous les rayons du soleil et noircissent sous les rayons blancs de la lune, l'aloès qui jaillit du sol comme une fusée d'artifice, le cactus, plante informe, poussée feuille à feuille, au hasard, et bien faite pour servir de régal aux animaux irréguliers qui portent l'homme à travers le désert.

Dénegrey se sentit obligé de convenir avec lui-même que ce coin du monde valait la peine d'être vu, et que Nice pouvait remplacer Paris durant quelques mois de l'année. Cette concession n'eut pas de suites graves pour ses premières affirmations ; car il se hâta de conclure qu'à elles seules les deux villes résumaient l'Univers entier.

La résistance qu'un esprit supérieur avait si longtemps montrée pour les plus petits voyages paraîtra puérile. Frédéric croyait que de nos jours il faut réagir contre tout ce qui entraîne l'homme hors de soi. Il affirmait qu'à aucune époque les volontés des êtres n'ont reçu tant de sollicitations pour errer à l'aventure ; que jamais nos désirs n'ont été tiraillés en des sens aussi contraires ; qu'en aucun temps plus de choses ne se sont coalisées pour faire chevaucher d'une manière plus ridicule nos sentiments par les monts et par les plaines ; qu'enfin l'activité de l'homme ne s'est jamais répandue sur tant de points, et que le péril d'un trop large embrassement n'a jamais été mieux démontré.

L'homme d'aujourd'hui ressemble, disait-il, à un général qui s'épuise en des combats partiels et refuse de livrer la grande bataille. Les escarmouches sont curieuses à voir pour ceux qui n'ont pas souci du dénoûment ; il y a de petites rencontres sans avantages trop marqués, des chocs sans trop de blessures. On avance, on recule, on tourbillonne. Dénegrey, quoiqu'il eut perdu l'espoir de la grande bataille, s'était gardé en vue d'elle ; il savait se contenir, il allait jusqu'à s'opprimer pour ne point dépenser à faux une de ses énergies.

Depuis qu'il avait contemplé cette aurore, il pensait que la société aurait besoin encore de vraie lumière, et finirait par prendre l'ombre en haine. Si les ténèbres amènent dans l'âme des mieux trempés la tristesse et l'abattement, un beau ciel oblige à l'espérance les plus éprouvés. Le soleil est le grand consolateur de l'homme, il dissipe sur son front les nuages les plus épais et réchauffe le cœur engourdi.

Frédéric regardait ce soleil avec tendresse, il lui récitait de vieux vers grecs amoureux et encore émus malgré leur vieillesse. Couronné de fleurs odorantes qui pendaient en grappes autour de sa tête, il sentit renaître en lui l'admiration des païens pour le Dieu du jour. Apollon revécut à ses yeux, il entendit les sons de sa lyre divine, il contempla sa beauté sans égale et il se crut pénétré de son souffle ! Joignant alors les mains, il se mit en prières et demanda au soleil de faire éclore pour lui, à ce printemps nouveau, l'une de ces fleurs d'amour qu'il distribue en si grand nombre aux plantes que l'hiver a flétries.

Il allait rentrer dans son appartement, ravi de son jeune enthousiasme, lorsque le bruit d'une fenêtre qui s'ouvrait l'arrêta. Sa belle pupille sortit avec lenteur de sa chambre ; elle était pâle et préoccupée. Frédéric se cacha derrière un rideau de feuillage pour juger des impressions que lui avait causé l'aveu de M. de Barcis. La jeune fille avait les yeux rougis par les larmes. Elle s'assit à l'extrémité de la terrasse, tournant son visage vers Dénegrey, mais l'œil perdu dans l'espace. Ni le chant des oiseaux, ni les douces lumières du matin ne réveillèrent la gaieté dans son cœur.

Pauvre Isabelle ! l'amour de l'homme qui l'avait le plus intéressé jusque-là, comme elle le disait à son tuteur, devait-il sitôt la faire pleurer et souffrir ? Sans doute M. de Barcis lui plaisait par sa distinction, sa grâce, son extrême délicatesse, mais ce n'était pas en lui qu'elle trouvait la réalisation de ses rêves les moins exigeants. Pour l'épouser, il faudrait que la jeune fille se répétât beaucoup l'une de ses maximes favorites : « Le destin ne fait qu'ébaucher le bonheur. » Cependant, si les doctrines de Pierre étaient vraies, s'il suffisait de chercher, de vouloir et d'attendre, pour obtenir un bonheur complet ? Léon était faible et trop féminin ; en s'unissant à lui, elle serait obligée à mille sacrifices. Mais il l'aimait si ardemment, il montrait un si grand désir de soumission ! L'égoïsme est une vilaine chose ! Pourquoi songer autant à soi, lorsqu'on a la certitude de rendre très-heureuse une personne qui vous est un peu chère ? D'ailleurs, qui aimerait-elle plus que M. de Barcis ? aucun de ceux qu'elle connaissait. Si elle parlait de sacrifices, Léon n'allait-il pas lui en faire de nombreux ? Ses opinions, sa fortune, son nom, sa famille, il mettait tout à ses pieds ! Malheureuse, elle ne saurait l'être à côté de Frédéric qu'elle ne quitterait sous aucun prétexte... Oui, mais son tuteur semble détester Léon, il le fuit. Une tâche lourde et difficile loin de son ami, elle ne peut l'accepter. Qui la soutiendra ? Les jeunes filles, dit Pierre, répondent devant leur destinée des premiers engagements de leur cœur ; l'hésitation, le manque d'énergie, alors, sont fatales, et l'on en porte éternellement la peine. Isabelle se promet de prendre conseil de Frédéric. Ne remplace-t-il point son père ? Lui qui a si longtemps attendu, qui cherche encore le couronnement de sa vie, la dirigera mieux que personne ; mais osera-t-elle lui parler, à lui, l'esprit fort, d'un esprit faible ? Il a déjà montré tant de dédain en voyant Léon ! Son tuteur a pour elle une tendresse un peu jalouse ; qui sait s'il ne l'obligera pas à rompre avec M. de Barcis pour la retenir plus longtemps auprès de lui ? Et Pierre ne protestera-t-il pas avant de s'allier à une famille qui croira leur faire honneur ? Au plus petit mot de mésalliance prononcé par quelque parent de Léon, il entrera en révolte ouverte. Que d'empêchements ! et sans avoir, pour les surmonter, cette ardeur que donne la véritable affection, ni, hélas ! pour s'en débarrasser, cette indifférence qui absout de tous les maux que l'on cause.

Dénegrey toujours caché a suivi dans les yeux d'Isabelle la plupart des tristes pensées qui tour à tour ont assailli le cœur de la jeune fille. Il la voit avec plaisir chercher à résoudre l'un des problèmes de l'existence. Si le beau visage de sa pupille a perdu quelques grâces enfantines, que de charmes sérieux et nouveaux sa physionomie vient d'acquérir du soir au matin !

Mais pourquoi se fait-il en Frédéric un mouvement étrange ? La lumière qui se joue autour de la galerie enveloppe tout à coup Isabelle de rayons roses. Ces rayons rappellent à Dénegrey ses paroles de la veille : « Je demande aux cieux de m'envoyer à quelque prochaine aurore la femme de mes rêves tout enveloppée de rayons roses ! » Une voix impérieuse lui crie : « C'est elle ! »

Il se rejette bouleversé dans son appartement.

« Non, non, dit-il, non ! La fille de Lacombes ? Je ne veux pas ! »

Et son cœur s'agite avec violence, son visage marque une angoisse affreuse, tout son corps tremble convulsivement... Il reste ainsi dans une souffrance cruelle durant quelques secondes. Enfin, des larmes jaillissant de ses yeux apaisent ce grand orage intérieur.

« Oh ! oui, je l'aime, murmure-t-il ; c'est bien de l'amour que cet ennui éprouvé loin d'elle, ce désir insurmontable de venir la rejoindre, et les joies que je ressens sous ce beau ciel à ses côtés. C'est bien l'amour qui prenait possession de mon âme quand j'étais hier poursuivi par le besoin de résumer mon existence, de me tenir prêt à entrer dans des sentiments nouveaux... Malheureux ou partagé, ô mon amour, je te donne le droit de vivre ! Que n'as-tu pas déjà fait de moi en si peu d'heures ? Je n'avais point existé, j'existe ! J'avais tout appris sans aimer ; j'aime, et ne sais plus rien ! Mais ce qu'enseigne l'amour est la vraie science. Salut donc, brillante aurore, mon premier matin ! J'aimerai Isabelle, et je vous aime, doux rayons qui me l'avez montrée... Lumière, éclaire mon âme ! Soleil, je me lève avec toi ! »

Il fit un courageux effort pour se remettre de la plus grande émotion qu'il eût jamais ressentie. A peine calmé, son premier désir fut de retourner sur le balcon pour voir avec les yeux de l'amour sa chère Isabelle. Cette fois il n'essaya plus de se cacher.

— Je vous dérange, mon enfant, dit-il en affectant la gaieté. Convenez qu'il fait bon rêver ici. . Comme vous êtes grave en ce moment ! Je vous l'avais prédit, cela vous rend plus belle encore.

La jeune fille tressaillit à cette louange. Le ton, le regard qui l'accompagnaient la troublèrent. Jamais elle n'avait vu un pareil sourire glisser sur le visage de son tuteur. Frédéric aussi lui parut plus beau, et elle se dit que la gaieté et quelque semblant d'insouciance lui allaient à merveille.

— Où nous conduisez-vous aujourd'hui, mademoiselle l'ordonnatrice ? ajouta Dénegrey. J'entends qu'on m'amuse dans ce paradis où, depuis le rossignol jusqu'aux papillons blancs, tous les êtres animés nous invitent à fêter l'éternelle fête de la nature ; je veux qu'on me soit reconnaissant de ce que j'oublie si bien mes vieilles habitudes, la politique, mes travaux, et tout ce qui n'est pas vous, Isabelle... ou votre frère. Ce pays et l'enthousiasme que j'y récolte me font douter du mal, de la faiblesse, de la laideur. Le plaisir que me donne la contemplation des choses extérieures me permet d'attendre avec plus de patience les joies qui me manquent. Je ne voudrais à aucun prix maintenant de l'ombre du bonheur, et je deviendrais féroce pour celui qui oserait me proposer quelqu'un des approchants de l'humaine félicité.

Isabelle rougit. Frédéric continua d'un ton léger :

— Qu'il faut peu de chose à l'homme ! Du bleu dans l'espace, un rayon rose, et le voilà tout différent de ce qu'il était la veille.

— Mais lorsqu'on est affligé, dit Isabelle, comme toute cette nature semble moqueuse, comme cet empyrée toujours superbe irrite ; comme ces vagues qui se bercent nonchalamment, comme ces fleurs qui déploient tous les secrets de leur art pour vous enivrer, affligent davantage ! On voudrait revoir le Nord où le flot gronde et menace, où le ciel est sans cesse abaissé sous un lourd fardeau de nuages, où l'ombre est épaisse et froide, où tout enfin s'harmonise avec la tristesse.

— C'est vous, Isabelle, qui me parlez de la sorte ? Mais depuis hier quel démon malin a donc renversé les dispositions de nos deux esprits ? Ce que vous me dites m'étonne, et j'ai peine à comprendre mes propres paroles. Je le regrette, parce que si je m'étais transformé tout seul, nous serions parvenus à nous comprendre, ce qui n'eût pas été pour moi un médiocre plaisir. Est-ce qu'il n'y a dans le monde qu'une toute petite portion de jeunesse et de gaieté ? Ceux qui en demandent, lorsque leur tour est passé, doivent-ils donc voler leur part aux autres ? Voyons, ma chère Isabelle, ne vous laissez point abattre par un premier chagrin. Vous êtes forte, et vous pouvez dominer les incertitudes que vous découvrez en vous-même.

— J'ai peur de me rendre coupable de faiblesse, dit-elle, et de perdre votre estime.

— Je ne condamne pas l'amertume que je vois dans votre cœur depuis deux jours, quoique je m'en explique mal la cause, ajouta Dénegrey. Il fallait que vous eussiez comme d'autres votre heure d'épreuve ; si elle sonne pour vous, écoutez la sonner sans fuir. Vous avez un sens droit, un jugement sûr, vous avez le sentiment du réel et du possible, et vous n'accepterez jamais une de ces charges si lourdes qu'elles obligent celui qui les porte à réclamer une récompense outre tombe. Cherchez donc le bonheur entier, et si vous ne le trouvez point, attendez ! Pas de sacrifice qui excuse plus tard les fautes.

— Tout ce que vous venez de me dire répond aux questions que je me pose, repartit la jeune fille. Votre parole est plus fortifiante qu'aucune autre, il y a en elle une consistance qui plaît à mon esprit et à mon cœur : je vous prie donc de me donner un conseil.

— Conseillez-vous plutôt vous-même, mon enfant; interrogez-vous avec soin; pesez toutes les exigences de la situation dans laquelle vous êtes; mesurez-vous avec l'épreuve, et je suis certain que vous en sortirez victorieuse.

Dénegrey rentra chez lui craignant d'avoir trop parlé; mais Isabelle ne songeait pas à découvrir le secret de sa pénétration, et elle se répétait que son tuteur était son véritable guide.

IX

Frédéric chargea un domestique de dire à Pierre qu'il allait faire une longue promenade, et sortit. Isabelle eut un vrai chagrin en apprenant cette absence de son tuteur, et, durant le déjeuner, les amicales moqueries de son frère sur ce qu'il appeloit ses profondes réflexions ne parvinrent pas à la distraire. Le jeune homme, qui la veille, retiré dans un coin du salon, n'avait pas entendu les aveux de M. de Barcis, n'épargnait point sa sœur.

— Laisse-moi réfléchir un peu, lui dit-elle, je ne suis plus une enfant; je vois l'heure s'approcher où il me faudra choisir un mari, et une jeune fille ne saurait trop songer à un aussi grave évènement.

— Songe alors! mais rappelle-toi que tu peux être difficile, que tu as le devoir de l'être. Ne te contente pas de ton triste bonheur seulement ébauché par le destin. Si tu aimes, aime un homme fort qui te soutienne et t'élève, plutôt qu'un homme qui t'oblige à t'abaisser et à le soutenir. Exige pour le moins autant que tu apportes.

— Tout cela est facile à désirer, répliqua la jeune fille avec humeur, mais impossible à trouver. Mon frère, cette gaieté que tu aimais tant s'est envolée de moi pour toujours, ajouta-t-elle en pleurant.

— Oh! ma petite sœur, dis-moi la cause de ces larmes, s'écria Pierre; dis-moi tous tes ennuis; ne m'en cache aucun, je t'en conjure.

— Non, laisse-moi, tu es trop égoïste pour me comprendre!

Et la jeune fille quitta le salon afin de ne pas être interrogée davantage.

Pierre s'efforça en vain de découvrir la cause de la soudaine affliction de sa sœur. Il sortit de la villa des Palmiers et marcha au hasard dans la campagne, cherchant une réponse à la question qu'il se posait. Il avait gravi une haute colline, et il s'avançait dans la direction du château de Saint-André, lorsqu'il entendit quelqu'un courir derrière lui et l'appeler par son nom. Il se retourna : c'était Léon de Barcis.

— Comment allez-vous, comment va votre sœur? demanda le jeune homme en prenant la main de Pierre.

— Mal, répondit brusquement celui-ci fâché d'être rencontré.

— Mal! répéta Léon en pâlissant. Qu'a-t-elle donc? Qu'avez-vous? reprit-il.

— Je suis triste de la tristesse d'Isabelle; elle pleure et je voudrais connaître la cause de ses larmes.

— Mon ami, c'est peut-être moi....

— Vous! c'est vous qui la faites pleurer!... Ah! prenez garde!... Mais comment?

— Je lui ai avoué hier au soir que je l'aimais, car je l'aime éperdûment, et si elle me repousse, je me tuerai.

— Que vous a-t-elle dit? répliqua Pierre, qui avait peine à se contenir.

— Rien : je l'ai suppliée de réfléchir et de ne pas me répondre avant huit jours. Elle m'a ordonné de ne pas la voir durant ces huit jours, et, quoiqu'il n'y ait qu'une nuit d'écoulée, j'ai peur que cette attente ne me fasse mourir. J'erre comme un fou dans les champs depuis le lever du soleil, et tout à l'heure, quand je vous ai aperçu, j'étais assis sur une éminence, regardant avec désespoir Carabacel et la villa des Palmiers, d'où je suis chassé pour une semaine, et peut-être pour toujours. Parlez de moi, pour moi, à votre sœur, Pierre, je vous en supplie. Je vous promets de penser, d'agir avec vous, comme vous, d'être philosophe, libéral, païen, pourvu qu'Isabelle m'aime! Je suis faible, la joie me rendra fort. Un refus me briserait!

— Vous avez dit tout cela hier à ma sœur, s'écria Pierre avec emportement. Je m'explique ses larmes! Savez-vous que vous êtes d'un égoïsme féroce, monsieur de Barcis, et qu'il eût autant valu obliger la pauvre enfant à creuser votre tombe de ses propres mains! Apprenez, continua-t-il avec orgueil, que ceux qui sont comme nous plein du feu sacré ne sont pas mis au monde pour raviver une étincelle prête à s'éteindre. Ah! vous voulez, pareil à ce roi vieilli, infiltrer de notre sang plébéien dans vos veines! parce que vous êtes étiolé et que nous avons de la sève, vous voulez par nous sauver votre race! Je n'y consentirai pas, entendez-vous?

Léon blessé au cœur s'appuya contre un

arbre. Son visage décomposé offrait l'image de la mort. Il ferma les yeux et perdit connaissance... Pierre effrayé, appela du secours ; mais le chemin était désert, et nulle habitation voisine ne se montrait à travers les oliviers. Son cœur s'émut à l'aspect de cet homme qu'il venait de maltraiter si durement. Il cueillit des herbes odorantes, alla puiser de l'eau dans ses deux mains à une fontaine, et essaya de ranimer le jeune malade. Au bout de quelques minutes, une légère rougeur colora les joues de Léon, et bientôt il rouvrit les yeux.

— Pardon, lui dit Pierre avec confusion, j'ai été bien brutal.

— Et moi bien faible ! Pierre, ajouta le jeune homme, je vous serai profondément reconnaissant le jour où vous consentirez à m'appeler votre frère.

— Quand votre malaise aura passé, nous rentrerons, cher monsieur. Nous sommes très-éloignés de nos villas. Je veux vous ramener chez vous. Le secousse que vous avez reçue a été trop forte, il vous faut du calme, du repos.

— Je ne regretterais pas cette souffrance si elle devait m'être comptée et me servir auprès de celle en qui j'ai placé toutes mes espérances, dit le jeune homme avec un beau sourire.

Et prenant le bras de Pierre, il revint avec lui vers Carabacel.

<h3 style="text-align:center">X</h3>

Isabelle s'était enfuie dans le jardin, d'où elle vit Pierre sortir de la maison et se diriger vers la rue. Elle alla s'asseoir sur une haute terrasse plantée d'aloès et qui domine la grande route de Carabacel. La jeune fille était dans une étrange disposition d'esprit; elle entendait la voix de Léon, celles de son frère et de Dénegrey résonner à son oreille, mais sans que leurs paroles eussent un sens exact. Immobile, elle laissait le temps marcher seul sans essayer de le suivre...

Cependant Frédéric revenait à Carabacel avec un gros bouquet de roses qu'il avait acheté à Nice.

Après avoir cherché Pierre et sa sœur dans toute la villa et dans le jardin, il découvrit Isabelle sur la terrasse. Celle-ci, en revoyant son tuteur, eut un mouvement d'ennui : contrariée d'être prise en flagrant délit de réflexions tristes deux fois dans le même jour, ce fut à peine si elle remercia Frédéric du bouquet qu'il lui offrit.

— Pourquoi nous avez-vous délaissés, ce matin? lui demanda-t-elle. Est-ce que Pierre et moi nous vous gênons dans vos promenades? Est-ce que vous craignez de nous montrer votre enthousiasme?

— Vous, me gêner ! répliqua-t-il. N'ai-je pas fui mes habitudes les plus chères pour retrouver votre sourire, bien plutôt que celui d'un ciel inconnu? et la preuve, c'est que depuis que j'ai vu des larmes dans vos yeux, l'horizon me semble chargé de nuages.

Isabelle détourna la tête et ne répondit pas.

— Chère enfant, reprit Dénegrey après un silence, est-ce pour moi qu'hier vous avez joué ce joli rondeau qui me transporte toujours dans un monde d'espérances? Avez-vous songé que je vous entendais?

Et comme la jeune fille se taisait encore :

— Ou bien, continua-t-il avec un peu d'amertume, était-ce quelque malice de vos doigts qui se vengeaient des distractions de votre esprit?

Le voyant ému, elle répartit avec vivacité.

— J'ai songé à vous en jouant ce morceau.

— Oh! que vous êtes bonne ! dit-il en lui prenant les mains.

— Je n'ai droit à aucune reconnaissance pour une si petite chose que j'ai si souvent faite.

— Chère Isabelle, pardonnez ! ma vieille affection divague et se trouble depuis qu'elle a peur de vous perdre. Elle craint que vous ne comptiez les joies que vous lui réservez encore. Les épines des roses dont je me couronne pour assister à la fête de votre cœur m'entrent dans le front, et je souffre.

Dénegrey attira la jeune fille sur sa poitrine, et baisa ses cheveux. Elle, fatiguée du poids du jour, pencha le front sur l'épaule de son ami, et des larmes silencieuses inondèrent son beau visage.

— Enfant, dit-il d'une voix altérée, vos pleurs me désespèrent. N'est-il donc plus en mon pouvoir de vous consoler? Depuis quand êtes-vous seule ici? Où donc est Pierre?

— Je ne sais, murmura-t-elle.

— A-t-il vu votre chagrin?

— Oui.

— Alors il est allé par les routes, comme moi tout à l'heure, demander au ciel, à la mer, aux herbes, aux cailloux, un secret remède pour guérir votre mal subit. L'existence vous refuse-t-elle une joie?

dites, nous essaierons de vous la donner. Pour vous rendre le calme du cœur aucune difficulté ne nous arrêtera. Voulez-vous que les vallons s'élèvent jusqu'aux montagnes, que l'aloës épineux porte le fruit de l'oranger ? Parlez ! nous voilà prêts à nous mettre en campagne pour obliger la nature à vous satisfaire.

Elle sourit et répliqua :

— C'est bon d'être aimée ainsi, mais il faudrait être digne d'une pareille affection.

— Ne l'êtes-vous pas, Isabelle ?

— J'en doute, et depuis hier que je me juge un peu sévèrement, je regrette que vous ayez consacré une part de votre vie à une personne aussi faible d'esprit que moi.

— Vous, faible d'esprit ! répliqua-t-il gaiement; vous, un futur disciple du grand Pierre, dont les doctrines encore à naître doivent changer la face du monde, sa confidente, sa sœur !

— Ah! épargnez moi !

— Vous n'êtes pas faible d'esprit, ma chère, dit-il plus sérieux.

— Si je devenais un disciple de Pierre, si j'étais occupée de mon seul bonheur, sans désir d'abnégation, ce serait bien fâcheux pour M. de Barcis, dit-elle, sans autre préparation, essayant de forcer Frédéric à parler du jeune gentilhomme, ce qu'il paraissait vouloir éviter.

Il tressaillit et se tut.

— Pensez-vous, demanda la jeune fille d'un ton grave et triste, que l'existence de M. de Barcis vaille que je lui sacrifie la mienne ?

— Il est de ceux qui croient que nous avons toujours quelque vieille dette de servage à leur payer, répartit Frédéric, et qui s'imaginent que nous sommes créés tout exprès pour les rendre heureux, lorsqu'ils daignent nous confier le soin de leur bonheur.

— C'est vrai, dit-elle, et je veux vous fournir de cela une nouvelle preuve.

Mais au même instant ils aperçoivent sur le chemin M. de Barcis défaillant, au bras de Pierre. Isabelle soupçonne quelque entretien avec son frère où ce dernier aura été cruel, et se sent émue de compassion. M. de Barcis voit celle qu'il adore; des couleurs reviennent à ses joues pâlies ; il adresse à la jeune fille un signe gracieux et lève sur elle son plus doux et plus suppliant regard. Isabelle veut lui parler, le délier peut-être du serment qui l'exile.... Pierre entraîne Léon avec impatience, et ils disparaissent.

Elle descendit lentement les degrés de la terrasse et rentra au salon suivie de Frédéric. Tous deux restèrent silencieux jusqu'à l'arrivée de Pierre. Celui-ci raconta la scène qui s'était passée entre lui et Léon, ajoutant qu'il n'avait rencontré de sa vie un cœur si peu vaillant.

XI

Au milieu des inquiétudes que lui inspirait l'amour de M. de Barcis pour Isabelle, Pierre n'avait cependant pas négligé ses amours à lui. Il avait tenu l'amie de sa sœur, Maria Monnier, au courant de tout ce qui se passait à la villa des Palmiers. Le matin du jour où devait finir l'exil de Léon, Pierre écrivait encore à sa fiancée :

« Chère Maria,

« Nous sommes tristes à mourir, et ta belle animation me serait bien nécessaire en ce moment. Mes songes de bonheur s'envolent un à un. Tout mon courage et toute ma volonté échouent contre l'entêtement d'Isabelle. Ah! si elle avait ton caractère, tes idées, ma bien-aimée, comme il me serait facile de la rendre heureuse ! Mais je crains qu'à force de discuter avec moi, à force de m'entendre affirmer que le premier devoir de l'individu est la recherche des joies qui peuvent lui être échues en partage, je crains qu'elle ne soit entrée en réaction contre mes plus saines doctrines, que son cœur ne m'ait déclaré égoïste, et qu'elle n'ait résolu de consacrer sa vie à l'exercice, du dévouement et de la charité. Juges-en d'ailleurs. Elle veut épouser ce jeune descendant des preux dont je t'ai parlé déjà, sous prétexte qu'il l'intéresse, qu'elle le croit en danger, et qu'en faisant son bonheur elle le sauve. Ce prétendu est faible de cœur, indolent, plein de grâce précieuse, malade, efféminé; il menace Isabelle de s'éteindre si elle lui refuse le généreux don de son existence. Il est sincère, et je suis convaincu que si ma sœur envoyait promener sa tendresse, il tomberait en une syncope éternelle. Mais est-ce une raison suffisante pour nous sacrifier tous à un ennemi de notre race, de nos idées, de nos sentiments. Je crois bien que je suis tout près de le haïr, cet amoureux, et je ne sais ce qu'il adviendra de lui ou de moi si notre Isabelle le prend pour époux. En se mariant avec M. de Barcis, elle cédera plutôt à la commisération qu'à la tendresse. Si elle avait un vrai amour dans l'âme, comme ce sacrifice lui paraîtrait faux! J'attends tous les jours que notre tuteur parle; il me semble que, depuis son arrivée à Nice, les prétentions de M. de Barcis ont dû lui apprendre qu'il aimait Isabelle, s'il ne le savait auparavant... Ah ! tout cela me rend fou. Je m'accuse d'être lâche; je me jure parfois d'enlever ma sœur, de la conduire en Italie, de la tirer des bras de ce jeune vampire qui va nous la dévorer. Pauvre Isabelle! tu ne la reconnaîtrais plus, Maria. Son front est couvert d'une pâleur mortelle, les roses de ses joues sont fanées, ses yeux noirs brillent des feux de la fièvre, et je vois dans son esprit une résolution qui m'épouvante.

« Notre tuteur aussi souffre cruellement, car il a mis en ma sœur, comme tu me le disais un jour, toutes les espérances qu'il a pu arracher au naufrage de sa vie ; ajoute tous les désirs de bonheur que le doux ciel du Midi a fait renaître dans son âme attristée. Si j'étais femme ! Isabelle ne se doute pas de ce grand amour, et je ne puis lui en dire un mot, n'ayant pas encore reçu la moindre confidence de Frédéric. Quelquefois même je doute de sa passion... Cependant une jeunesse nouvelle illumine sa mâle figure. Qu'il serait beau s'il était heureux ! Je le surprends parfois la tète penchée sur sa poitrine et poursuivant de son regard fixe quelque rêve de douleur. Il a le chagrin de perdre la seule femme qu'il ait aimée, (car il l'aime, n'est-ce pas ?) et la certitude qu'elle va conclure une union insensée. Pauvre Frédéric! Comme il a changé lui-même ! Il est malheureux, mais il a perdu sa gravité froide. Sur son visage courent aujourd'hui librement les émotions. Toujours attendri en présence d'Isabelle qu'il ne quitte plus, il l'accable de soins, de marques de tendresse, de protestations d'amitié. J'ai peur qu'elle ne voie dans sa conduite une sorte d'encouragement à son abnégation. Il devrait parler, mais je comprends qu'il se taise. Voyant le goût excessif d'Isabelle pour les actes de charité, il s'interdit de lui montrer ses tortures. Il ne veut rien devoir à la pitié, comme ce Barcis, ni à la reconnaissance. Il a raison. A l'amour, il faut de l'amour. Mais, c'est encore un égoïste, songes-y, Maria; car, j'y pense, en se sacrifiant, il sacrifie notre sœur à sa délicatesse. Quand même il obtiendrait la main d'Isabelle au nom d'un sentiment étranger à l'amour, il serait certain de la rendre heureuse, de faire notre bonheur à tous. Ma sœur aime tant notre ami, qu'entre Léon et lui elle n'hésiterait pas un instant, s'il s'agissait de sauver l'un ou l'autre. C'est ce soir que M. de Barcis doit venir connaître l'ar-

rèt de son destin. Il n'a cessé d'écrire à ton amie, et quelles lettres!.... Je les devine! J'obligerai Frédéric à faire sa déclaration tout à l'heure ; je lui dirai : « Ayez ce courage ou cette faiblesse..... Jetez-vous aux genoux d'Isabelle, suppliez la aussi, menacez la de votre mort; prouvez-lui que nulle autre chose au monde qu'elle ne peut vous faire consentir à vivre, et que vous voulez, comme M. de Barcis, être sauvé; dites-lui que vous êtes bien coupable de n'avoir pas découvert plus tôt en vous-même cet amour infini, mais que son absence, les loisirs nouveaux de votre esprit, ont enfin éclairé votre cœur. Qu'Isabelle devienne votre femme, ajouterai-je, car si elle se donnait à un autre, vous ne pourriez la revoir, et vous seriez perdu ! »

« Mais il me répondra, je l'entends, que c'est recommencer les lamentations de M. de Barcis; demander l'amour comme une aumône, et qu'il y répugne; obliger peut-être Isabelle à répondre qu'il lui est facile d'être bienfaisante pour Léon, un jeune homme, et qu'il lui serait impossible de l'être pour lui, Dénegrey, en qui elle ne voit qu'un tuteur. Toute sa dignité doit se révolter à cette pensée, et il se taira.

« Ainsi les jours se sont écoulés heure par heure, minute par minute, depuis la funeste déclaration de M. de Barcis, et ni Frédéric, ni ma sœur n'ont échangé des explications qui eussent pu aboutir à une entente. Combien de gens pareils à notre tuteur ont déployé une énergie admirable pour dénouer naturellement une situation qu'ils eussent mieux fait de trancher, combien, dans la crainte d'un refus, n'ont pas même essayé d'obtenir un consentement.

« Il me semble que Frédéric et ma sœur pourraient s'entendre s'ils s'expliquaient une bonne fois. Oui, j'en suis convaincu Isabelle regarde notre ami avec des yeux toujours émus. Je vois qu'elle a conscience des changements qui se sont opérés dans son caractère depuis son arrivée à Nice, qu'elle l'admire et par conséquent l'aime davantage... Elle se persuade que si son union avec Barcis la rend malheureuse, elle trouvera aisément dans l'amitié de notre tuteur des compensations à tous ses chagrins. Mais Frédéric s'éloignera d'elle. Comment exiger qu'il supporte la vue du bonheur ou du sacrifice d'Isabelle ? Et moi, puis-je prévoir ce que sera le désespoir de ma sœur après cette rupture ? Je suis certain, comme toi, ma bonne Maria, qu'elle chérit Frédéric plus qu'elle ne le soupçonne elle-même. Te souviens-tu de ces prétendants dont nous l'entretenions à Paris ? Avec quel dédain elle parlait d'eux en les comparant, non à moi, mais à notre tuteur. Elle accepte aujourd'hui M. de Barcis avec la résignation que l'on met à prononcer des vœux de charité. Ma pauvre sœur éprouverait-elle à son insu un vague regret ou du dépit ? « Puisque je ne rencontre personne qui m'apporte le bonheur, m'a-t-elle dit un jour dans le beau temps de son insouciance, il faudra bien que je me décide à faire le bonheur de quelqu'un. » C'est donc à moi de déchirer le voile qui couvre les yeux d'Isabelle. J'hésite cependant. Si elle aimait véritablement M. de Barcis ? Si le désir que j'ai de voir heureux l'un par l'autre deux êtres qui me sont chers trompait ma clairvoyance ? Que n'es-tu là, ma petite amie ? Comme avec ta bravoure tu aurais bientôt fait de nous rendre à tous la joie et la paix du cœur ! »

<h2 style="text-align:center">XII</h2>

Isabelle ne s'était point couchée. Elle avait passé la nuit étendue sur une causeuse, et s'était livrée aux plus tristes réflexions. Le matin, ses idées flottaient encore dans son esprit, impatientes, contradictoires, rebelles et désordonnées.

« La nature, se disait la jeune fille, désigne parfois aux âmes compatissantes ceux qui n'ont pas assez d'énergie pour braver seuls ses tempêtes ; elle les montre courbés pour qu'on s'offre à les soutenir. Le dévouement est une admirable vertu ! Je l'exercerai avec Léon ! mais je ne l'aime pas, je ne l'ai jamais aimé d'amour. Sa pensée peut amener dans mes yeux des larmes, dans mon cœur une émotion tendre, non la joie et l'espérance. Les mots de sacrifice, d'abnégation, d'intérêt, de pitié même, me poursuivent sans cesse. L'autre jour, sur la terrasse, quand j'allais confier à notre tuteur ma résolution de rompre avec M. de Barcis, c'est bien de la pitié et seulement de la pitié que j'ai éprouvé en le voyant passer défaillant au bras de Pierre ; c'est le spectacle de sa souffrance, de sa faiblesse, et, depuis, c'est le souvenir de ce moment qui m'a rendue toute cette semaine si hésitante. Hélas ! faudra-t-il que la crainte de sa mort me le fasse épouser ? Je comprends que l'on se jette à l'eau, qu'on se précipite au milieu des flammes pour disputer une créature humaine au danger ; la lutte alors est courte ! Mais livrer une longue existence, seconde par seconde, pour arriver à un résultat de tous points semblable à celui que l'occasion peut vous offrir en dix minutes. c'est peut-être trop de générosité et de désintéressement ? Guérir un inconnu en torturant les siens, n'est-ce pas une charité mal ordonnée ? Je ne puis arracher ainsi l'espérance de mon âme, prendre une part des joies de ceux qui m'ont le plus aimée, pour jeter tout cela en pâture à M. de Barcis ! Je saurai trouver dans l'amitié que j'ai pour Frédéric et pour mon frère le courage de sacrifier Léon. Ma pitié est par trop aveugle, elle doit s'inquiéter un peu plus de nous et moins de lui. L'affectueuse commisération que m'inspire M. de Barcis, m'a conduite, je le vois, jusqu'aux limites du possible.... Je n'exagère pas ; mes sentiments ont subi une véritable contrainte, et je n'ai cédé qu'à une menace de mort. Sans doute Léon ne m'a point retenue prisonnière pour m'obliger à lui donner une réponse favorable, mais son égoïsme m'a empêchée jusqu'aujourd'hui de penser et d'agir librement. La liberté n'est pas dans un mot hypocrite. Comme Frédéric Dénegrey me l'a fait entendre, lorsque je lui demandais conseil et protection contre mes propres faiblesses, la liberté est dans le respectueux silence de ceux qui sont les plus intéressés à nos décisions. Je dois écouter la voix de ma dignité et de ma conscience. Combien de temps serai-je l'amie de Frédéric et de Pierre, si j'épouse M. de Barcis ? Suis-je assez fermement attachée aux idées qui sont chères à ceux que j'aime et que j'estime le plus pour ne pas leur être infidèle un jour ? »

Elle se leva, prit une plume, et traça résolument les lignes suivantes :

« Cher Monsieur,

« Depuis huit jours je n'ai songé qu'à vous et à ce que vous pourriez souffrir si mon cœur refusait de se donner au vôtre. Je me suis donc efforcée de vous trouver bon et beau, distingué, digne d'un dévouement sans limites, et j'y suis parvenue. J'ai refusé d'écouter tous ceux qui m'eussent conseillé d'être cruelle envers vous... L'image du désespoir que vous m'avez peint dans vos lettres, si je repousse votre amour, m'accompagne sans cesse, et en ce moment même, où le souci de mon propre bonheur est entré dans mon esprit, j'ai présente l'idée de cette désolation, et je ne puis la supporter ; je sens que si mon refus doit vous tuer, je suis prête encore au sacrifice... J'ai prononcé un mot qui résume toutes mes hésitations, toutes mes inquiétudes. Mon mariage avec vous m'oblige à des sacrifices, et, si vous voulez bien vous interroger, il vous sera facile d'apercevoir combien de sacrifices votre amour aura lui-même à me faire. Il y a un abîme entre nous. Nous ne sommes ni du même temps, ni de la même race ; vous n'avez pas une idée commune avec ceux que j'admire le plus, leurs opinions et les vôtres sont ennemies irréconciliables. Certaines conversations de mon frère vous ont fait entrevoir cet abîme ; qu'auriez-vous dit s'il n'avait pas respecté des sentiments qui lui semblent naturels et qu'il croit sincères ? Vous avez bien compris que vous ne pourriez garder auprès de mon tuteur et de Pierre ni ce qu'ils appellent vos préjugés, ni votre respect, ni votre culte pour des institutions ou des croyances qu'ils déclarent ridicules, vieillies, enterrées. Il faudra vous débarrasser de tout cela, qui ferait parmi leurs amis, ceux de mon père et les miens, trop détestable figure, pour accepter leur scepticisme, leur libéralisme ; et si vous ne pensez pas absolument comme eux, si vous ne vous assimilez pas du soir au matin les idées que tous ceux qui m'entourent ont reçues en naissant et qu'ils ont mis pour le moins vingt ans à s'approprier, vous serez humilié à toute heure, sans méchanceté, sans préméditation. Mais qu'adviendra-t-il, si mon frère, pour lequel vous serez, quoiqu'il arrive, toujours un ennemi, si mon tuteur, qui verra longtemps en vous un adversaire, désolés d'un mariage qui réduit à néant tous leurs projets sur moi, s'appliquent, avec la supériorité d'une foi qu'ils n'auront point reniée, à vous faire expier le trouble que vous aurez apporté dans leur vie ? Et si, à la fin, accablé par les miens, vous voulez rentrer parmi les vôtres, comment serez-vous accueilli ?... Vous me répondrez que pour calmer toutes les piqûres faites à votre vanité, pour apaiser votre irritation, vous aurez un beaume souverain si je vous aime d'amour. Puis-je donc vous aimer d'amour ? Lorsque je pense à vous, je ne trouve dans mon cœur rien autre chose que de l'amitié, de l'estime, un tendre intérêt, le désir d'un dévouement fraternel. Est-ce ainsi que vous m'aimez et que vous désirez être aimé de moi ? Je n'ai jamais éprouvé de sentiments plus tendres ; vous qui êtes certain d'aimer, dites-moi si c'est bien là ce qu'on appelle l'amour ? Je ne le crois pas. Notre séparation, la présence de mon cher tuteur qui souffre à l'idée de notre mariage, les sentiments presque antipathiques de mon frère pour vous, ont refroidi, en l'éclairant, mon imagination de jeune fille. Je raisonne à présent, et je vous supplie de ne pas exiger de moi un sacrifice que je pourrais vous reprocher un jour...

Que ma sincérité vous montre mon estime !... Mais, je vous le répète encore, si mon refus doit vous faire préférer la mort à la vie, venez ! Je suis prête à vous tendre la main, et je n'hésiterai pas entre des regrets et un remords ! Pourtant, si quelque tardive réflexion, amenée par cette lettre, vous avertissait du danger que courent votre patience, votre susceptibilité, votre dignité, écoutez une amie : restez fidèle à ce qui vous paraissait grand, noble et généreux, avant de m'aimer. Croyez encore à tout ce que vous avez jusqu'ici loyalement adoré. Essayez de revoir au fond de votre conscience l'image irritée de celui auquel vous reconnaissez le pouvoir de distribuer les épreuves. Frédéric Dénegrey et mon frère refuseraient de consentir à ce que notre mariage se fît à l'église ; ils voudraient par-là montrer, j'en suis certaine, que si nous vous acceptons, c'est sur gages, et parce que vous êtes décidé à rompre avec le passé. Quel scandale, quelle douleur pour vos parents, vos amis, votre monde ! Craignez que je ne sois un mauvais génie venu pour égarer une âme promise à Dieu. Offrez le sacrifice de votre amour au maître des destinées chrétiennes ; que votre désolation vous parle d'un père à la fois indulgent et terrible, qui trône au plus haut de la voûte céleste, et qui, après avoir châtié ses enfants coupables, les encourage au repentir.

« Décidez de mon sort et du vôtre à la fois. Si vous êtes faible et désespéré, venez ce soir à la villa des Palmiers, avant huit heures.... Si vous consentez à vivre, recevez mes adieux émus et reconnaissants.

« ISABELLE. »

XIII

Isabelle ne descendit de sa chambre qu'au moment du dîner, un vrai dîner de funérailles. Frédéric assis en face de la jeune fille était d'une pâleur livide. Quand il quitta la table pour entrer dans le salon, il prit amicalement le bras de sa pupille sous le sien ; mais il avait trop présumé de ses forces, et il fut obligé de s'appuyer contre la porte, tant son émotion était violente

— Ah ! l'éducation des femmes est cause de bien des maux, dit Pierre en regardant avec douleur le visage décomposé de son ami. Isabelle, ajouta-t-il d'une voix suppliante, il ne faut pas que ton dévouement soit aveugle, et, entre deux êtres à sauver, choisis au moins celui qui vaut le plus !

— Qu'allez-vous dire, Pierre ? s'écria Frédéric.

— Ce que vous n'osez pas avouer vous-même avec votre beau courage ! répartit le jeune homme.

— Oh ! parlez, parlez, mon enfant, si vous savez...

Frédéric tomba sur un siége ; sa force était brisée. Deux grosses larmes longtemps contenues s'échappent avec violence de ses yeux.

Isabelle en voyant pleurer son tuteur se rappelle soudain la mort de son père, les derniers mots du mourant : « Soyez la consolation, la récompense de mon seul ami.» Ne lui a-t-il pas toujours semblé que ces paroles s'adressaient surtout à elle? Et c'est elle en ce moment qui est cause de la souffrance de Fréderic ? Il déteste donc à ce point M. de Barcis? Que ne l'a-t-il dit plus tôt!

Isabelle entend sonner huit heures à la pendule. Léon n'est pas venu! L'aigre carillon du timbre fait à la jeune fille l'effet du plus harmonieux chant de délivrance. Elle court à la porte du jardin, écoute... la rue est silencieuse !

— M. de Barcis consent à vivre, dit-elle ; tout est fini entre lui et moi !

Frédéric jette un cri d'espérance. Pierre, riant et pleurant à la fois, se précipite vers son tuteur, le saisit, l'oblige à se mettre aux genoux d'Isabelle.

— Il ne t'a point menacé de se tuer, de mourir, lui ! dit le jeune homme à sa sœur, parce qu'il est de ceux qui cachent leurs tortures pour ne rien arracher à la compassion.

— Que signifient ces paroles? murmure Isabelle avec angoisse.

— Que je vous aime, chère enfant, dit Frédéric, que Pierre l'a deviné peut-être avant moi, que je n'ai pas voulu faire appel à votre reconnaissance, à votre tendre amitié, et que, désespéré, je me taisais. Cependant, croyez-moi, votre malheur m'eût anéanti, plus que mon désespoir.

— Comment! mon frère, il m'aimait, il pleurait d'amour tout à l'heure ? balbutia la jeune fille qui n'osait répondre à Dénegrey lui-même. Tu le savais, et tu ne me l'avais pas dit! Comment! répéta-t-elle, en s'adressant rougissante à Frédéric, je serais cette femme de vos rêves que vous demandiez aux cieux, au soleil, à l'aurore ? Vous vous moquez certainement, mon ami ; rappelez-vous vos paroles, et regardez-moi ! Je pourrais vous donner le bonheur ? Votre fierté hautaine s'abaisserait devant cette petite Isabelle à qui vous reprochiez, il n'y a pas une semaine, son insouciance et ses enfantillages? Votre dédain des choses et des hommes se changerait en es-

pérance, si je le voulais? Celui dont le regard semble commander à tous les sentiments s'attendrirait en ma présence....

— Isabelle, tu l'aimeras ! s'écria Pierre avec bonheur.

— Ne te réjouis pas sitôt, mon frère, ce que je ressens, ce n'est pas de l'émotion, c'est de l'orgueil !

Et la jeune fille, les yeux brillants, le front presqu'altier, sortit du salon sans que Frédéric et Pierre songeassent à la retenir.

Au moment d'entrer dans sa chambre, Isabelle fut arrêtée par sa gouvernante qui lui remit une lettre de M. de Barcis. Elle déchira l'enveloppe avec précipitation.

« Je pars, adieu! disait Léon, soyez heu« reuse ! Je vais essayer de me souvenir « que je suis gentilhomme ! »

XIV

Est-ce que vous pouvez tenir en place ? demanda, le lendemain matin, Pierre à sa sœur et à Frédéric. J'ai loué un bateau, je l'ai empli de fleurs. Allons voguer dans ma nacelle ! Je cours jeter à Maria un mot sur du papier rose, je fais préparer un déjeuner digne de mon appétit, et nous partons pour Eza.

Une heure plus tard, Frédéric, Isabelle et Pierre s'embarquaient dans le petit port de Nice.

La jeune fille effeuillait des fleurs avec distraction, et regardait Dénegrey à la dérobée. Poursuivant ses orgueilleuses pensées de la veille, elle prit plaisir à se répéter qu'elle seule pouvait illuminer ce front dominateur. Pierre, de son côté, contemplait sa sœur avec enthousiasme. Ayant, à son grand contentement, trouvé une formule pour rendre l'état de ses réflexions, il dit tout à coup, avec une gravité plaisante :

— Oh! ma chère Isabelle, tu es un rayon de soleil fait pour éclairer un amant du jour, et non une lampe fidèle destinée à veiller sur les pas incertains d'un homme qui cherche à sortir de la nuit.

Frédéric sourit, tandis que la jeune fille jetait à son frère une poignée de feuilles de roses.

De la barque on apercevait la route de la Corniche surmontée d'énormes rochers pareils à des portiques de temple indien. Les pointes verdoyantes des caps se dessinaient capricieusement à l'horizon, et, autour de la nacelle, l'œil pénétrait dans l'eau profonde pour admirer la végétation colorée des mousses qu'éclairait un soleil splendide.

Ils débarquèrent dans une jolie petite anse. Frédéric proposa de gravir avant le déjeuner le chemin escarpé qui tourne autour du mamelon, ou plutôt, du socle étroit qui porte l'étrange et pittoresque village d'Eza. Ils s'assirent au milieu des ruines d'un château fort détruit, il y a trois siècles, par des soldats du grand Barberousse. Les pierres de ces ruines rougies par le soleil ressemblent à des poteries antiques. Entre le village et le château, un débris de voûte, semblable à un arc de triomphe, se tient debout encore et se détache sur la mer d'azur. Entouré de sa belle végétation, le village d'Eza apparaît au voyageur comme une oasis dans un désert de montagnes arides et nues.

En descendant du château, on découvre la pointe de Saint-Hospice avec ses jolies découpures. Des franges d'écume battent impatiemment le rivage. Le sable d'or brille, la mer a mille facettes étincelantes qui attirent et lassent les yeux. Derrière une falaise est une haute colline couverte de pins d'Alep. Sur ses flancs un torrent a dessiné les belles courbes capricieuses que l'eau trace dans ses courses folles. D'autres collines s'étagent jusqu'aux plus grandes hauteurs, et, à travers une dépression de la montagne, on aperçoit la neige.

Lorsque Pierre, sa sœur et Dénegrey furent revenus auprès de leur barque, ils déjeunèrent.

Après le déjeuner, Isabelle voulut aller dans un joli vallon fleuri qui est situé un peu au-dessus de la baie et qu'ombragent des oliviers séculaires. Pierre se dit fatigué et demanda la permission de dormir au fond du bateau.

Arrivés dans le vallon, Isabelle et Frédéric s'assirent sur l'herbe épaisse. Mais bientôt la jeune fille, troublée par l'absence de son frère, émue des regards de son ami, se leva pour cueillir une botte de grosses marguerites. Elle revint et confia ses fleurs aux soins de Frédéric, lui ordonnant de les lui offrir une à une, ce qu'il fit avec obéissance. Isabelle alors commença de tresser ses marguerites en couronne. Leurs mains fleur à fleur se touchaient et quelquefois se gardaient. Dénegrey se demanda s'il était possible qu'il n'eût pas toujours aimé Isabelle. Lorsqu'on éprouve un grand sentiment, on ne peut plus retourner en arrière dans son existence sans être accompagné par lui, et l'on arrive à se persuader qu'il fait partie de tous les souvenirs. La gaîté amoureuse du compagnon d'Isabelle s'exprimait par des paroles d'une vivacité, d'une grâce si char-

mantes et si sincères, que le cœur de la jeune fille en était tout réjoui.

Quand la couronne fut achevée :

— Voici pour vous, monsieur le collégien en vacances, dit-elle, mais ce n'est point le prix de sagesse.

— Gardez ces jolies fleurs, ma chère, et laissez-moi vous en parer.

Il les lui mit sur la tête ; elle se défendit et déchira la pauvre couronne, dont les fleurs tordues se dénouèrent convulsivement et se répandirent avec cet air de désolation que prennent les couronnes brisées.

— Isabelle, dit tristement Frédéric, ces fleurs dédaignées me prédisent le sort de mon malheureux amour. Je les avais posées sur votre tête en me disant que c'était une couronne de fiançailles.

Le ton navré de son ami fit mal à la jeune fille qui répartit doucement :

— Une couronne de fiançailles, déjà...

— L'accepterez-vous un jour, Isabelle ?

— Peut-être, murmura-t-elle en cachant son joli front dans ses deux mains.

— Oh ! dites-moi que vous m'aimerez, que vous consentirez à devenir la compagne d'une existence dont vous êtes maintenant l'unique but, la religion d'une âme dont vous serez la seule divinité.

Elle releva la tête, ses yeux rencontrèrent ceux de Frédéric et elle ressentit un trouble violent et inconnu. Des émotions nouvelles assaillirent son âme et la frappèrent de coups répétés qui un instant lui parurent douloureux. Elle eût voulu se jeter dans les bras de Frédéric, pleurer, demander grâce. Oui, c'est bien à côté d'un homme tel que Dénegrey qu'elle se plairait à marcher dans la vie ; sa main se tendait vers sa main, son cœur s'élançait vers son cœur...

« Ce que je ressens, ce n'est plus de la pitié, se dit la jeune fille, c'est de la confiance, c'est... Ah ! je reconnais l'amour, j'aime, je n'en puis plus douter ! Mon âme s'agite pour briser ses liens et voler vers lui... »

Dénegrey l'attira sur sa poitrine avec passion.

Elle l'aimait, et c'était bien véritablement de l'amour cette fois ! Mais comment le lui avouer le lendemain du jour où elle avait failli lui demander son consentement pour s'engager à un autre ? Que n'eût-elle pas donné pour que le bruissement des feuilles, les brises du jour, le soupir lointain des flots répondissent pour elle ; car, répondre, elle ne le pouvait pas sitôt, et Frédéric devait le comprendre.

L'une des marguerites de la couronne

rompue s'était attachée aux cheveux de la jeune fille ; il l'aperçut!...

— Fleur d'amour, murmura-t-il, es-tu restée là pour me répondre? Les fleurs savent sourire à la joie de l'homme ; elles parlent le langage de ceux qui aiment. Dis-moi, marguerite, toi qui n'as gardé qu'un de tes pétales blancs autour de ton grand cœur d'or, t'es-tu effeuillée pour moi? Isabelle, ta marguerite me dit que tu m'aimes, oseras-tu la démentir?

— Non, dit-elle en s'échappant de ses bras, rougissante et joyeuse.

Il la poursuit, elle court et se cache derrière un olivier pour écouter son cœur chanter une douce chanson d'amour.

Frédéric s'arrête en même temps ; il domine à grand peine son émotion, il essaie de mesurer l'étendue d'un bonheur immense. Il est de ces hommes qui, ne marchandant pas avec le destin, ont la bonne foi de reconnaître qu'ils sont absolument heureux, lorsqu'ils le sont. Dénegrey a réalisé en un instant toutes ses espérances ; il lui semble que la baguette d'une fée vient, en le touchant, de le faire immortel ! La fleur tardive de son âme éclate merveilleusement, et déploie en frémissant sa végétation luxuriante et parfumée. L'arbre sur lequel elle éclot en est enivré. Le bonheur fait divaguer ce sage, il se dit que l'existence ne peut plus avoir que des joies à lui offrir, son esprit s'exalte, ses énergies ont doublé. Il croyait tout donner, il s'interroge et il sent qu'il a tout reçu. Demandez-lui quelque grande action, il ne reculera devant aucun péril pour grandir aux yeux de celle qu'il aime. Ne barrez pas sa route, il renverserait une tour de la main, d'un geste il détournerait un fleuve : il a trouvé l'amour, ce véritable point d'appui, et il va soulever un monde !

La jeune fille voyant qu'il ne la cherchait plus, vint sans bruit poser sa main sur son épaule.

— Il ne faut pas aimer l'amour plus que moi, lui dit-elle d'un ton boudeur.

Pour toute réponse il entoura la taille élégante d'Isabelle de son bras amoureux, et l'entraîna dans le chemin ; mais là, s'apercevant que nul mot d'aucune langue ne pouvait rendre ce qu'il éprouvait, il se tut.

— Si la gaieté me revient, demanda la jeune fille avec malice, faudra-t-il que je la chasse? L'ignorance où je suis de vos désirs à cet égard fait qu'en ce moment j'ai l'âme un peu contrainte. Je veux mettre tous mes soins à vous plaire ; un mot suffira pour que je me modifie éternellement

dans le sens de votre idéal. Me préférez-vous décidément grave et réfléchie ?

—Vous m'aimez, Isabelle, répondit Frédéric avec émotion, restez, je vous en prie, ce que vous êtes. C'est à moi seul de changer mon vieux scepticisme en confiance, et il me semble que je n'ai plus rien à faire pour cela. Je voudrais rencontrer au fond de moi-même de grosses difficultés, et les vaincre avec ton amour, ajouta-t-il plus tendrement encore. La joie que tu m'apportes est si grande qu'il eût fallu pour en être digne subir quelque rude épreuve. La récompense est supérieure à mon mérite, mais qu'importe ! puisque c'est toi qui me la donnes, et puisque tu m'aimes ; car tu m'aimes, Isabelle, tu me le dis et je le crois. Le beau ciel ! Qu'il fait bon être heureux ici ! tout vous encourage à l'attendrissement, tout soupire d'allégresse avec vous. Vois, tout renaît avec la naissance de mon bonheur, tout fleurit pour nous sourire. Regarde au dehors, ma bien aimée : plus tard, tu regarderas en toi.

Les pluies de mars et d'avril avaient répandu sur les champs cette fraîcheur printanière qui, dans le Midi, fait la terre si belle. Les oliviers en fleurs, doucement agités par la brise, semaient dans l'air tiède les blancs tourbillons d'une poussière odorante. Sur le sable fin de la petite anse une mer nonchalante laissait mourir ses vagues aux pieds des pins d'Alep. De longs flots d'étincelles jaillissaient du soleil, donnant aux montagnes leur vêtement de gloire, inondant la roche, et transformant les plus humbles cailloux du chemin en pierreries éblouissantes. Une lumière pénétrante débordait de toutes choses, lumière douce à l'âme, et qui semblait teindre en bleu les pensées comme elle teint d'azur la mer immense et l'espace infini. les glayeuls au versant des collines, les violettes sous les buissons, les jacinthes sur la prairie et les anémones dans les blés.

Frédéric ne se lassait point d'admirer la beauté du ciel, la fraîcheur et l'éclat du paysage qu'il avait sous les yeux. Un enthousiasme indescriptible envahissait son esprit et son cœur.

— Viennent les épreuves ! viennent les revers ! dit-il à sa compagne, ils me trouveront fort si tu consens à marcher toujours à mes côtés. Viennent les événements publics qui demandent le sacrifice du citoyen ! je me sacrifierai pour être digne de toi. Je crois, Dieu me pardonne ! que l'on ne peut être un grand écrivain, un grand philosophe, un grand homme politique, si l'on n'a point aimé.

— Je vous arrête, répartit en riant la jeune fille : vous refaites le prologue de la philosophie de Pierre.

— Voilà qui vous prouve, mademoiselle, à quel point je suis converti. Je m'en tiens donc, pour ne pas m'égarer, aux axiômes du bon docteur Pangloss. Étant le plus favorisé des hommes, je reconnais que tout est pour le mieux sur la plus belle des boules rondes !

— Vous parliez d'or avant l'interruption de ma sœur, et il est malheureux que vous vous soyez arrêté en si beau chemin, dit Pierre, qui apparut tout à coup aux regards de ses amis. Il faut absolument que l'amour devienne l'inspirateur de tous les arts et de tous les progrès, un amour comme quelques-uns l'ont éprouvé peut être, mais comme moi seul je saurai l'enseigner ! Il faut avoir foi dans le bonheur humain. Est-ce que le labeur de l'homme ne commence pas à mériter une petite récompense ? Jouira de cette récompense celui qui prendra la peine de la chercher ! Marchons, mes enfants, par couples unis et non plus tiraillés en sens inverse dans l'a-

mour même. L'union de deux êtres intelligents, avides de science, désireux de progrès, doit être féconde en découvertes. L'amour est le grand télescope qui, dans l'avenir, aidera l'homme à voir clairement les premières lois des choses. Nous allons, un de ces matins, Maria et moi, et vous deux, faire quelque immortel système de philosophie. Je connais de par le monde des poëtes encore en herbe qui se tiennent prêts à rimer tout ce qui sortira un jour de mon cerveau de philosophe ; avec eux, je forcerai notre société matérielle à rentrer dans la voie de l'idéal. Il est temps que le culte du beau, du bien, du savoir, et celui du bonheur, renaissent ensemble !

Isabelle éclatait de rire.

— Je suis des vôtres, aimable chercheur, dit Frédéric le plus gravement qu'il put. Si c'est par l'amour qu'on découvre chez vous les causes, j'ai l'espérance d'être clairvoyant.

— Oh ! disciple intéressé, répliqua le jeune homme, vous ne vous engagez dans ma phalange que parce que nous y deviendrons frères.

JULIETTE LAMBER.

FIN

Paris. — Imprimerie centrale de G. Towne, rue des Fossés-Montmartre, 8.